잊혀진 명작

The Forgotten Masterpiece

잊혀진 명작
The Forgotten Masterpiece

연규호 지음

도서출판 도훈

서문: 친구여, 네 모습은 어딜 갔나

"꿈은 하늘에서 빛나고 추억은 구름 따라 흐르고 친구여 모습은 어딜 갔나 그리운 친구여 옛일 생각이 날 때마다 우리 잃어버린 정 찾아 친구여 꿈속에서 만날까 조용히 눈을 감네…"

내가 살아온 79년 인생-
같이 뛰어놀았던 친구들이 먼저 세상을 떠나 내 눈에서 사라질 때마다, 내 뇌 속 깊은 곳에 있는 편도체(扁桃體, Amygdala)는 심한 슬픔으로 접동새처럼 피를 쏟으며 먼저 간 친구들의 얼굴을 진한 기억으로 새겨 놓곤 했었다.
어느새 세상을 떠난 유달리 친했던 친구들이 다섯 손가락으로는 모자라는 숫자가 됐다.

꿈---- 꿈은 당연히 이루어져야지….
못다 한 꿈을 이루려고 70세 나이로, 친구 Y는 50년 전에 휴학했던 연세대학교에 3학년으로 복학했었다. 그리고 그는 2년 반 만에 졸업을 해냈다. 못다 한 꿈을 이루었다. 그리고 기뻐 활짝 웃었다.
그러나 호사다마(好事多魔)라고 했듯이 그는 건강이 악화돼 2년 후 세상을 떠났다.

"그가 이룬 '꿈'은 하늘에서 빛나고 '추억'은 구름 따라 흐르나…"
그는 어디론가 홀연히 사라졌다.

"친구여, 친구여, 너는 어디로 갔니? 조용히 눈을 감네… 친구여 보고 싶구나… 보고 싶다."

살아 숨 쉬고 있는 나는, 숨을 쉬지 않는 사라진 친구 너희들을 찾아본다. 가끔 눈물이 흘러내려 눈시울을 적시곤 한다.

"친구여, 너와 나를 그린 소설,『잊혀진 명작』이 세상에 출간되면 동작동 현충원으로 가지고 가마. 그리고 너와 나의 모교 연세대학교 젊은 후배, 친구, 식구들에게 선물로 나눠 주려고 한다."

한 세기 지켜온 민족의 얼, 관악산을 바라보며 무악에 둘린 연세 교정에서 함께 공부한 자랑스러운 동문, 김용학 총장님과 유성호 교수님께서 축하의 글과 발문을 주셔서 감사합니다. 그리고 영광스럽습니다.

2024년 1월 20일

저자: 연 규 호 (소설가, 의사)

축하의 글:

김 용 학

(교수, 연세대학교 18대 총장)

『잊혀진 명작』이라는 자전적 소설의 출간은 단순한 소설이 아니라, 인생의 굴곡진 여정과 끈끈한 우정의 결실입니다. 이미 작고한 친구가 남기고 간 760페이지에 달하는 소중한 기억들이 연규호 작가의 절절한 그리움을 통해 자전적 소설로 세상에 드러난 것을 진심으로 축하합니다. 고등학교 시절부터 이어져 온 연규호 작가와 그 친구와의 우정은 같은 대학 캠퍼스 생활을 통해 그리고 이국 땅에서의 도전과 역경 속에서 반세기 동안 차곡차곡 쌓였군요. 두 분의 우정은 이제 이 자전 소설을 통해 더 많은 이들이 부러워하면서, 진정한 친구의 의미가 무엇인지 생각해 볼 기회를 만들어 줄 것으로 확신합니다. 감동을 주며 마지막 페이지까지 한시도 책을 내려놓지 못하게 만드니, 결코 '잊혀질 수 없는' 명작임이 틀림없습니다.

현란한 문학적 기교나 수사를 동원하지 않았지만, 두 분의 협주곡이 심금을 울립니다. 의사로서, 한 인간으로서 그리고 친구가 남기고 간 진한 삶의 경험이 모두 진솔하게 아우러졌기 때문이라고 생각합니다. 대학 생활, 입대와 월남 파병, 미국 유학 그리고 그 과정에서 겪은 수많은 시련과 행복한 순간들이 이 자전 소설에서 되살아납니다. 개인이 살아온 미시적 역사에 월남전이나 이민사와 같은 거시적 역사가 녹아 있음을 느낍니다. 친구분이 은퇴하며 70세의 나이에 모국의 모교에 돌아와 복학하고 졸업하기까지 학업에 열중한 이야기는 자신감을 잃은 이 나라 젊은이들에게 귀감이 될 만한 용기를 보여줍니다.

이 작품이 더 많은 사람들에게 읽혀지기를 바라며, 소설 속 실제 이야기가 우리 모두에게 참된 친구의 가치 그리고 모교 연세대학교에 대한 동문들의 사랑의 고귀함을 일깨워 주기를 희망합니다.

발문:

한 시대의 축도(縮圖)로서의 디아스포라 서사

유 성 호

(문학평론가, 한양대학교 인문대학 학장)

1. 한국소설의 외곽에서 던지는 인간 이해의 중요한 성과

　소설은 '이야기(narrative)'를 바탕으로 하는 산문문학입니다. 그 안에는 다양한 인물들이 등장하고 그들이 일정한 사건을 만들고 벌여나가고 해결해 갑니다. 사건을 서술해가는 과정 혹은 이루어가는 양식을 '서사(敍事)'라고 부르는데, 이때 서사는 인간의 삶을 진실하게 보여주고 새로운 삶의 모습을 제시하는 것을 목표로 삼습니다. 서사가 구체적 삶의 모습을 제시하는 것을 목표로 삼기 때문에, 소설은 당연히 인간의 삶에 대한 작가의 해석과 판단 과정을 포함하게 됩니다. 자연스럽게 소설 안에는 인간에 대한 작가 특유의 경험과 사유가 담기게 되고, 그 과정에서 소설은 객관적 사실(fact)보다 더 감동적인 문학적 진실(truth)을 만들어냅니다.
　물론 인간은 육체와 정신을 아울러 갖춘 복합적 존재입니다. 소

설은 이 두 가지를 포괄적으로 이해하고자 하는데, 가령 인간을 통합적으로 이해한다는 것은 인간의 양면성을 불가피한 존재조건으로 수용한다는 것을 의미합니다. 논리와 정서, 개인과 사회, 성스러움과 세속성을 모두 파악하는 가운데 삶의 정체성을 확보해갈 수 있다는 믿음이 그 안에 흐르고 있는 것입니다. 연규호 선생님의 소설은 이러한 인간 존재의 복합성을 투시한 탁월한 미학적 결실로 다가옵니다.

그분의 소설에 의하면, 인간의 삶은 우연한 계기의 연속으로 구성되어 갑니다. 물론 예측 가능한 과정에 대처하는 일도 중요하지만, 그러한 이성적 판단을 무색하게 하는 예외적 이법(理法)들은 우리로 하여금 합리성의 덧없음과 한계를 절감하게 합니다. 이처럼 실제 삶에서 이성과 탈(脫) 이성의 힘은 늘 어긋나고 비껴가면서 삶의 어둑한 양면을 형성합니다. 연규호 선생님의 소설은 그와 동시에 비합리적인 욕망에 대해서도 관심의 끈을 놓지 않습니다. 어디 그뿐일까요? 그분의 소설은 아폴론적 질서와 디오니소스적 혼돈의 상호 얽힘을 통해 우리의 삶을 신비롭고 불가해하게 만드는 힘에 대해 탐구합니다. 그 점에서 연규호 선생님의 소설은 한국소설의 외곽에서 던지는 인간 이해의 중요한 성과라고 하겠습니다.

2. 한 시대를 관통하는 우뚝한 보편 서사

연규호 선생님의 자전적 장편소설 『잊혀진 명작(Forgotten Masterpiece)』은 지나간 청춘에 대한 송가(頌歌)요, 5년 전 먼저 떠난 벗에 대한 애잔한 우정의 고백이요, 한 시대를 관통하여 살아온 뜨거운 영혼들의 삶에 대한 진중하고도 심원한 탐색의 결실입니다. 소설에는 오래전 신촌 연세대학교 교정의 모습과 그때의 정서와 분위기가 사실적 문장으로 잘 전달되고 있는데, 특별히 작가는 지금은 많이 변모한 백양로, 아카시아 만발했던 음악관 앞 벤치와 소나무가 우거진 청송대를 그리워합니다. 시간의 흐름으로 변한 부분도 있지만, 기억 속에서 그곳들은 한결같은 아름다움으로 굳건합니다. 나아가 베트남 전쟁에 관한 서사적 줄기도 모자람이 없으며, 이민자로서의 삶을 살아온 두 사람의 동선(動線)도 빼놓지 않고 그리고 있습니다.

물론 이 소설은 자전적 내용을 담고 있지만, 작가는 가능한 한 자전적 속성에만 머무르지 않게 최선을 다했습니다. 말하자면 개인사뿐만 아니라 어떤 시대사적 의미가 띠기를 소망한 것입니다. 그래서 주인공들의 대학 생활과 군 생활을 지나 유학 이후 보낸 미국에서의 오랜 시간들은 한 시대를 관통하는 보편 서사로서 우뚝하게 됩니다.

이 아름다운 장편소설은 맨 앞 서문에 조용필의 노래「친구여」첫 부분을 옮겨놓았습니다. 꿈, 추억, 그리움, 정 같은 어휘들이, 먼저 떠난 친구를 향한 연규호 선생님의 지금 마음을 은유적으로 들려주는 것 같습니다. 그리고 소설의 마지막 부분은 독자들에게 "친구란 무엇일까?"라는 질문을 던지는 대목으로 시작됩니다. "친구란 두 몸에 깃든 하나의 영혼"이라는 고대 철학자의 말처럼, 이 소설의 주인공들은 고국을 떠나 눈물로 부평초처럼 떠돌아다닌 디아스포라의 경험들을 가지고 있습니다. 소설 속의 공간들이 그러한 이민자로서 느

겪었을 신산함을 선언하게 전해주고 있습니다.

　이 소설은 외과 의사로 일하다가 은퇴한 강석호와 그의 고교와 대학 동기 손현철이 겪어온 삶이 서사적 근간이 되어 전개됩니다. 노경(老境)에다 건강도 안 좋은 현철이 50년 전 휴학으로 중단했던 대학 학업을 다시 계속하겠다고 하자, 석호는 심장병으로 인해 7년 전 조기 은퇴한 현철이 걱정되었지만, 지난 55년간 우정의 힘으로 현철의 결정을 지지하고 응원해줍니다. 석호와 현철은 각각 청주와 삼천포에서 중학을 마치고 서울의 한 고등학교에 진학하여 만난 친구들입니다. 그들은 연세대학교 행정과와 의예과에 1963년에 나란히 합격합니다. 그리고 대학 생활을 함께 2년 반 하다가 3학년 1학기를 마친 후 현철이 휴학과 군 입대를 결심함으로써 현철의 학업이 중단된 것입니다. 그 후 현철은 월남전까지 자원하여 오랫동안 석호와 연락이 끊기게 됩니다.

　소설의 행간에 적시된 「연세찬가」의 한 구절처럼 그들의 삶도 한 세기를 흘러왔습니다. "한 세기 지켜온 민족의 얼. 진리와 자유 심어온 모습, 뒤안에 우뚝한 무악같이 굳세고 슬기에 영원하여라. 아 아! 연세, 연세 내 사랑아." 수없이 불렀던 연세찬가일 것입니다. 이국 만리 전쟁터에서 귀국하여 제대하고 복학하려 할 때 마침 터진 김신조 사건으로 현철은 미국행을 택합니다. 베트남에서 만난 미국 친구 밀리간의 목소리가 그의 미국행 결심을 가능하게 한 것입니다. 현철은 밀리간을 찾아 떠난 미국에서 여러 경로를 통해 엘에이에 와서 살다가, 의과대학을 졸업하고 의사가 되어 미국으로 온 석호와 재회합니다. 그야말로 그들이 "어제와 오늘 그리고 내일이 마음속에서 숨쉬는 두 몸에 깃든 하나의 영혼"이었음을 알려주는 흐름이 아닐 수 없습니다. 결국 현철의 건강이 상해 먼저 세상을 뜨고 남은 자가 된 석호는 그들 사이의 우정을 기록해갑니다. 소설 『잊혀진 명작』은 그렇게 우리들 곁에 남게 된 것입니다. 이제 이 소설은 두 사람의 개인사가 나란히 병치된 것이 아니라, 한 시대를 관통하는 우뚝한 보편 서사로 우리에게 훤칠하게 다가옵니다.

3. '청년 연규호'의 눈에 비친 젊은 날의 표상

함께 실린 단편 「망각의 바이올린(Forgotten Violin)」은 그 옛날 선배요, 연인이요, 작은 스승이었던 한 여인을 만나 그녀의 옛 기억을 살려주는 감동의 소설입니다. 연세대학교 음악관 옆에 우거진 아카시아 나무 아래서 처음 만났던 한 여학생의 근황을 듣고 써본 위안의 소설입니다. 이제 서로 노인이 되어 이국 땅에서 만난 그녀는 기억을 잃어버렸는데, 50여 년 전 그녀가 미국으로 떠나면서 선물로 남겨준 낡은 바이올린을 현철이 연주함으로써 그녀의 기억을 일깨운다는 서사가 소설 안에 들어 있습니다. 주인공 현철의 마음속에 자라고 있던 사랑의 나무가 반세기 만에 만난 은영으로 하여금 옛 기억을 되살리게 해준 것입니다. 은영의 딸이 안내해준 '오하이오 안식의 집'에서 두 사람은 아카시아꽃이 만개한 첫사랑을 확인하고 나아가 그녀의 소우주 속에서 길을 잃고 헤매던 뇌신경 세포들은 제 모습을 찾게 됩니다.

그것을 일러 작가는 새롭게 펼쳐질 "영원을 향한 시간의 여행"이라고 명명하고 있습니다.

　최근 연규호 선생님은 이른바 뇌과학 문학이론을 통해 문학과 의식의 상관성을 연구하였습니다. 1차의식은 감각신경세포에 의해 형상화되며, 형상을 판단하기 위해 추론이 동원되며, 그것이 개념으로 몸을 바꾼다고 그 과정을 설명한 바 있습니다. 이때 개념은 이성적 사고로 발전하고 철학과 과학, 종교로 나아갑니다. 반면 인간의 2차의식은 개념을 유추에 의해 상상이나 메타포나 이미지로 만들어갑니다. 말하자면 1차의식을 2차의식으로 변형하는 것이 문학인 셈입니다. 특별히 소설은 서사를 통해 이러한 원리를 구현합니다. 우리가 읽은 장편과 단편은 그 점에서 아름답고 귀하고 위대합니다.

　이 소설의 출간을 진심으로 축하드리면서, 우리는 '청년 연규호'의 눈에 비친 젊은 날의 표상을 참으로 선하게 바라봅니다. 한 시대의 축도(縮圖)로서의 디아스포라 서사를 우리에게 보여주신 두 분의 귀한 우정을 마음 깊이 흠모하면서, 여기 이 훌륭한 소설적 성취에 커다란 감사와 응원의 마음을 올립니다.

USA: Philadelphia, New York, Ohio, Cincinnati,
Los Angeles, Westminster, Garden Grove, Riverside, Sacramento-Davis.

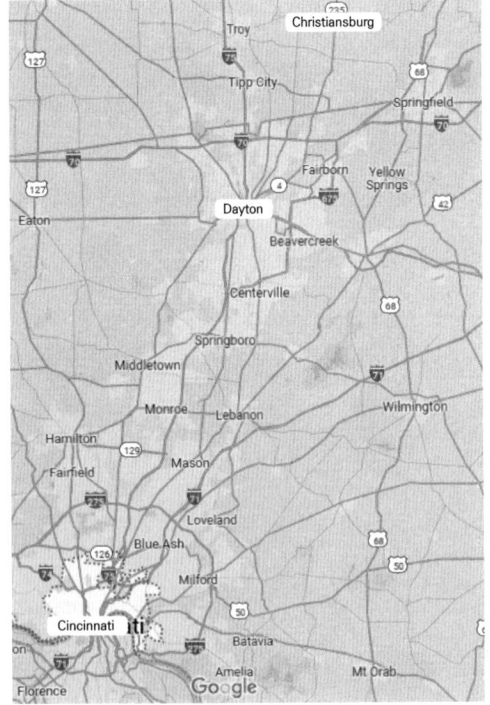

Ohio주 :
Dayton, Christiansburg,
Cincinnati

〈지도 설명〉:

　주인공들은 고국(한국)을 떠나 공부하기 위해, 아니 먹고살기 위해 눈물을 흘리며 여기저기로 부평초처럼 떠돌아다녔다.
　　　　　　　　　　　(Diaspora의 눈물이라고 부르고 싶다.)

　오하이오주 "크리스찬스버그"는 필자가 수련받았던 데이톤병원에서 불과 30마일 북동쪽에 있으며 라이츠-패터슨 공군기지가 멀지 않은 농촌 마을로 여기에서 만난 미국 친구가 그립다.

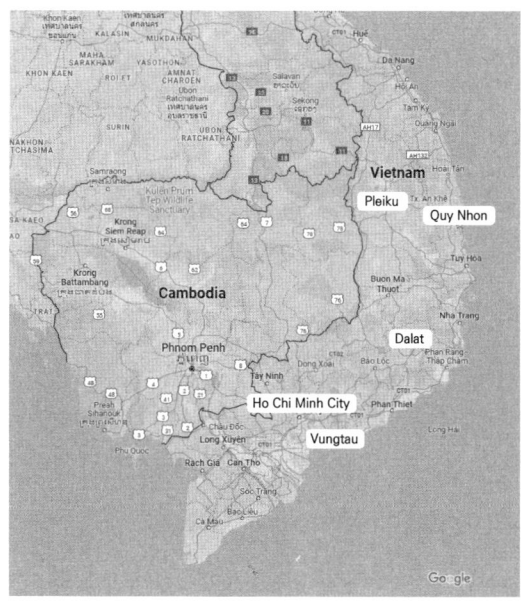

Vietnam: Quynhon(퀴논), Pleiku(풀레이쿠), Dalat(달라트), Vungtau(붕타우)

차례

장편 소설 :

잊혀진 명작, The Forgotten Masterpiece

    1부 2015년 7월 1일- 은퇴 그리고 새출발 ... 19

    2부 2015년 후반 이후 ... 115

단편소설 :

망각의 바이올린, The Forgotten Violin ... 185

제1부:

2015년 7월 1일 – 은퇴 그리고 새출발

1. 2015년 6월말에 터진 핵폭탄 한 방

은퇴를 며칠 앞둔 금년 70세, 강석호 외과 의사는 로스앤젤레스 남쪽, 가든그로브(Garden Grove)병원에 입원한 5명의 수술환자들을 보살피고 집에 돌아오니 오래된 벽시계가 저녁 9시를 알리고 있었다. 정확히 9번 "둥‥둥‥둥‥둥‥둥‥둥‥둥‥둥‥둥" 에밀레종처럼 울렸다. 둔탁한 파동 소리가 그의 위장 속으로 파고들어 오자 창자에서 꼬르륵 소리가 나며 손끝이 발발 떨리면서 그는 어지러워 쓰러질 것 같았다. 그는 냉장고 문을 황급히 열고 굶주린 사자처럼 먹잇감을 찾았다

"와! 베지 밀크가 있네!"

그는 황급히 플라스틱병의 뚜껑을 비틀어 열고 한 컵은 족히 될 걸쭉한 밀크를 꿀꺽꿀꺽 마시고 나니 형광등에서 나오는 빛의 입자들이 제대로 보이기 시작했다. 아침에 먹다 남겨둔 던킨 도너츠를 잽싸게 꺼내 입으로 가져가 한입 꽉 물고 우물우물 씹다 보니 혀끝에서 꿀벌들이 그를 향해 돌진해 오고 있는 절박한 순간, iPhone(전화) 소리가 크게 울렸다.

"젠장!"

그가 탁자에 던져 둔 삼성 휴대폰을 손에 들자 귀에 익숙한 목소리가 그의 고막에 '쉬파리'처럼 달라붙기 시작했다.

"야, 석호! 나야 나! 현철(David Son)이!"

지난달 내내 소식이 없던 친구, 현철의 목소리는 다소 톤이 높았다. 무엇인가 흥분되어 쫓기고 있다는 느낌이 들었다.

"야! 웬일이여?"

"할 말이 있는데, 들어줄래?"

"짜식, 물론이지. 우린 친구잖아!"

"아, 그렇지! 친구란 두개의 몸에 깃든 하나의 영혼이라고 네가 한 말, 그래서 너한테, 물어 보려고 하니 꼭 대답해 주라!"

현철은 무엇인가 심각한 사연을 말하려는지 뜸을 들이고 있었다.

"알았어. 짜식! 그건 내 말이 아니고, 아리스토텔레스가 한 말여."

석호는 다소 켕기는 목소리로 대답했다.

그러자 현철은 석호에게 자초지종, 심각하게 요구사항을 말하면서, 예스(Yes)가 아니면 노(No)라고 딱 부러지게 대답해 달라고 중간 중간에 강조했다.

"야! 생각 좀 해 보자."

석호는 대답을 하지 못하고 잠시 후 전화를 끊었다.

'우리 나이 이제 일흔 살인데. 며칠 후, 7월 1일부터는 은퇴하고 편하게 다리 쭉 뻗고 손자손녀들의 재롱도 보며 여행도 가고, 맛있는 것도 사 먹고 하면 됐지.' 그런데 녀석(현철)은 50년 전에 휴학으로 중단했던 학업을 지금 와서 복학해 다시 계속하겠다고 했다. 사실 그는 미국에 와서 4년제 대학을 졸업했기 때문에 복학할 이유가 전혀 없었다. '이 나이에? 70살에? 그런데 지가 결정해서 할 일을 나보고 결정해 달라고?' 석호는 배고픈 것도 잊어버리고 비 맞은 중처럼 중얼거리며 깊은 생각에 잠기다 보니 녀석과 보낸 지난 55년의 친구 관계가 영화 필름처럼 끊겼다 이어졌다, 머릿속에서 회전목마처럼 빙빙 돌아가고 있었다.

그러나 무엇보다 염려되는 것은 녀석의 건강 상태였다. 그는 심장병으로 인해 8년 전, 62살에 조기은퇴를 한 후 조심조심 살얼음 밟

듯이 지난 7년을 용하게 살아왔기 때문이었다.

'녀석! 제 몸이나 추스르지, 언제 죽을지도 모르는데, 바보처럼 무슨 복학을 한단 말인가?'

석호는 일단 '아니다'라는 생각을 하게 되었다.

2. 못다 한 꿈을…

전화를 통해 들은 현철의 애틋한 사연과 부탁을 정리해 보면 다음과 같았다.

−죽마고우 손현철(孫賢哲)과 강석호(姜錫浩)는 서울에 있는 D고등학교를 1963년 2월에 졸업하고 3월에 연세대학교 행정과와 의예과에 각각 입학하여 즐겁고 행복한 대학 생활을 시작했었다. 그러나 그들이 보낸 2년 반의 대학 생활은 더럽고 냄새나는 연못 위에서 피어나는 연꽃의 뿌리처럼 가난과 싸운 생활 전선이었다.

3학년 1학기를 마친 1965년 7월 그 어느 날은, 먹구름 속에서 번쩍번쩍 번개와 천둥이 몰아치자 잘 익어 가던 청포도가 속절없이 땅바닥으로 떨어져 흙탕물에 쓸려가던 악몽같은 날이었다. 그날, 현철은 어린애처럼 흑흑 울면서 뜻밖의 말을 석호에게 했었다.

"석호! 나, 휴학하고 군에 입대하기로 했어."

그의 얼굴은 큰 수심으로 꽉 차 있어 일그러진 양은 냄비 같았다.

"왜? 학비를 마련 못해서?"

석호도 감을 잡고 작은 소리로 물었다.

"어− 학비 마련하기가 너무 힘들어. 나, 그냥 군대에 가려고 해.

밥은 공짜로 먹을 수 있으니."

현철은 말을 잇지 못했었다. 그는 휴학계를 낸 후 대한민국 육군에 입대했다.

그리고 50년 후, 정확히 말하면 2015년 6월 27일 저녁 밤 9시 5분-. 전화 속에서 흘러나오는 현철의 목소리는 50년 전에 있었던 '그 사건'과는 180도 다른 반전이었다.

"야! 석호! 5개월 전에 연세대학교 교무처에 복학 원서를 제출했었는데, 3일 전에 복학이 허락됐다는 이메일을 받았어. 오는 8월부터 3학년으로 등록하려고 하는데, 아무래도 너의 허락을 먼저 받아야 할 것 같애. 넌, 늘 나의 선생이었잖아!"

"야, 임마! 선생은 무슨, 친구끼리…."

석호는 그렇게 대답을 했으나 마음 한 구석에 심한 책임감을 느끼고 있었다.

"그때 어떻게 해서든지 졸업을 했어야 했는데…."

이번에도 현철의 목소리는 50년 전 그날처럼 떨리고, 어린애처럼 울먹이고 있었다.

"그런데 너, 몸도 좋지 않잖아? 그러나 저러나 네 마누라가 찬성하니? 이 나이에 이젠 집에서 푹 쉬며 손자 손녀하고 즐기며 사는 거지. 나도 다음 주부턴 은퇴하는데, 야- 우리 같이 골프나 치고, 쉽게 살자!"

"네 말, 맞아! 그런데 나는 아닌 것 같아서, 못 마친 2년(4학기)을 마저 끝내는 게 내 꿈이여, 꿈!"

"꿈이라고? 너, 미국에 와서 이미 4년제 미국 대학 학부를 졸업했잖아! 그런데 뭐가 부족해서 학부를 또 한다는 거냐? 야! 알겠다. 그럼, 현철아! 오늘 밤 좀 생각해보자. 그리고 내일 알려 줄 테니."

"알았어, 너만 믿는다. 네가 결정해 주는 대로 할 테니, 가라면 가고, 가지 말라면 안 간다. Yes? or No? 알려줘!"

녀석의 부탁에 대해 석호는 어떻게 대답을 하여야 할지를 생각해 보니 엄청난 일이었다.

'우리 나이- 70하고 반, 이젠 늙어 허리가 아픈 나이인데.'

현철은 7년 전(2008년)에 레맥스(ReMax, 부동산회사의 지점)에서 은퇴하고 심심풀이 파트타임으로 부동산 중개업 일을 하며, 손자 손녀와 더불어 즐겁게 살고 있었다.

현철이 일찍이 반 은퇴(Part time)한 이유가 있었다. 61세 되던 해에 갑작스레 협심증이 생겨 관상동맥수술을 받은 후 정상적인 일을 하기에는 힘이 들었기 때문이었다. 그러나 근자에는 많이 회복돼 비교적 건강한 삶을 살고 있었다.

현철은 소위 말하는 미국의 꿈(American Dream)을 이룬 성공한 사람이다. 미국에 단돈 100불 들고 와, 4년제 정규대학(우드베리대학, LA 소재)을 졸업하고 멀리 브라질에 살고 있던 우아한 한국 아가씨를 만나 결혼하고 개인 사업에도 성공해 큰 집 사고 두 아들도 훌륭하게 키워 예쁘고 현숙한 며느리들도 보았다. 게다가 영리하며 바르게 자라는 손자 손녀들과 도서관에도 가고 틈틈이 지역봉사도 하고 있으니 누가 봐도 꿈을 이룬 사나이였다.

그러나 딱 한 가지 이루지 못한 인간적인 꿈이 그의 자존감을 건드리고 있었다. 대학 3학년 때 학비를 마련하기가 힘들어 휴학을 하고 군대에 입대했었다. 그때, 잠시 접었던 그 2년을 언젠가 기회가 되면 마저 채우는 것이 꿈이라고 했다.

연세대학교를 졸업하지 못한 것이 그에게는 자존심의 큰 상처가 되어 70살이 되도록 마음속에서 그 열등감과 한스러움이 사라지지 않았다.

"언젠가는 반드시 졸업을 하리라!"

현철은 수도 없이 맹세하곤 했기에 그의 자존감은 코키리 가죽처럼 꺼칠하게 부풀어 올라와 있었다.

2015년 1월-

70세 생일을 맞아 현철은 서울을 방문한 기회에, 아내에게 말하지 않고 슬그머니 연세대학교 교무처를 방문했다. 머리가 희고 인품이 넘쳐 보이는 현철이 그보다 15년이나 후배인 교무처장을 만나 늦은 나이지만 복학하겠다고 하니 교무처장은 반신반의 믿지 못하였다고 한다.

"선배님은 이미 제적이 돼 있습니다."

"제적이라니요? 나는 70평생 한 번도 모교를 잊지 않고 살았습니다. 월남에서, 미국에서, 어디에서 살든지, 제적을 하다니? 모교가 감히 나를 버리다니요?"

"아닙니다. 학칙에 따라서 부득이 그리됐습니다. 선배님!"

"나는 분명 말했습니다. 반드시 다시 돌아와 공부를 마치겠다고!"

"알겠습니다. 그런데 개교 이래 70세에 복학하신 분은 없었습니다. 복학해도 과연 공부를 제대로 하실는지요? 복학이 아니라 재입학에 해당됩니다. 심사한 후 6월말에 재입학 여부를 통보해 드리겠습니다."라는 코멘트를 하며 복학 원서를 접수하였다고 했다.

그리고 6월 말- "선배님의 재입학(복학)을 허락합니다."라는 합격 통지를 3일 전에 받아들고 감격해서 생각하고 망설이다가 친구 석호에게 전화로 의견을 묻게 되었음을 알게 됐다.

"석호야! 내 꿈이여. 내 꿈…"

그는 여러 차례 꿈이라고 말했다.

그날 밤 석호는 책상머리에 앉아 조용히 생각을 하기 시작했다.

"석호야! 내 꿈이여, 꿈…"

그의 귓속에 있는 미로(迷路)에서 친구의 울음 섞인 목소리가 왕왕 울리기 시작하며 그와 처음 만났던 고등학교 시절의 추억이 무성 영화처럼 눈에 떠올랐다.

1960년 3월-

서울에 있는 D고등학교 교정에는 노란 진달래꽃 멍울이 여기저기에서 돋더니 어느새 노랗게 피기 시작했다. 입학식을 하고 며칠 후 그들은 처음으로 인사(통성명)를 했었다.

"나, 손현철(孫賢哲)이여, 경상남도 삼천포중학교에서 서울로 왔데이."

"어, 나 강석호(姜錫浩)다. 충청북도 청주중학교에서 온 촌놈이유."

15살, 꿈꾸는 소년들의 첫 만남은 어설펐으나 갓 돋아난 꽃망울들이었다.

"야! 나, 서울 온 것, 이게 꿈이라고!"

"그래? 나도 그런데. 서울 오는 것, 내 꿈이었어."

촌놈, 둘은 서울로 온 것이 대견했으며 꿈의 성취라고 맞장구쳤었다. 찬란한 꿈이 시작되는 새로운 봄날이었다.

그해, 4·19민주학생혁명이 일어나자 그들은 광화문까지 손잡고 행진해 나가기도 했었다. 육체가 커지는 것에 비례해서 꿋꿋한 자아가 형성되고 있었다.

"야! 우리 아버지는 고깃배 몇 척을 갖고 수산업을 한다. 너, 죽방멸치[1] 먹어 봤니?"

"죽방멸치? 야! 난 바다가 없는 충청북도에서 온 촌놈이라서 그런 것 몰라."

현철은 아버지가 여러 척의 고깃배를 갖고 수산업을 하였기에 집안이 넉넉했었다. 그러나 석호는 아버지가 농사를 지었기에 그렇지가 못했다. 현철은 유식하게도 슈만의 '꿈(트로이메라이)'을 좋아했다. 반면, 석호는 초등학교 수준의 동요 '뜸북새(오빠 생각)'를 좋아서 불렀다. 현철은 공부를 잘했으며 통솔력도 있어 반장을 여러 차례 했으나 석호는 말이 적고 도서관에 가서 책만 읽었다. 종이를 먹어 치우는 책벌레였다.

3. 연세대학교에 입학하다

3년 후 1963년 3월, 그들은 연세대학교에 나란히 입학하여 백양

---

[1] 죽방멸치삼천포에서 특수 방법으로 잡은 멸치

로(白樣路, Aspen)를 같이 걸었다. 개나리가 피고 모란도 만발한 화사한 교정에서 그들은 대학 1년생을 만끽하고 있었다.

"나는 행정고시에 합격한 후 유능한 행정가가 되려고 해."

"나는 평범한 의사가 돼 시골에 가서 개업하려고 해."

그들 앞에는 오로지 확 펼쳐진 희망과 꿈 그리고 트로이메라이의 노래 속에 뜸북새가 울어대는 낭만뿐이었다.

보슬비 내리는 백양로, 아침 등굣길에서- 그들의 눈에 띈 청초해 보이는 여학생이 있었다. 오른손에는 핑크색 양산을 살며시 들고 왼손에는 책 두 권을 받쳐 들고 걷는 모습이 마치 하늘에서 내려온 천사처럼 현란했다.

"야- 저기 쟤, 예쁘지? 나…."

현철은 감탄하면서 석호를 쳐다봤다.

"네가 좋아하는 타입이구나! 내가 가서 말해 줄게."

석호는 현철에게 소개시켜 주겠다고 큰소리를 치며 빠른 걸음으로 그녀를 뒤따라갔으나 막판에 그는 수줍어서 우물쭈물하다가 말도 걸어 보지 못하고 그녀를 놓쳐 버리고 말았다. 아쉬웠고 미안했다. 이러기를 그 후에도 두 차례 반복했었다. 바보 같은 녀석들이었다.

그러나 석호보다 속 타는 당사자 현철은 포기하지 않고 2주 후에, 자력으로 마침내 그녀와 단독으로 만나는 데 성공했으며 데이트를 시작했다. 대박이었다.

연세 숲과 백양로, 그리고 아카시아가 만발한 음악관 앞 벤치와 소나무가 우거진 청송대(靑松臺)의 잔디가 그들이 만나 속삭이는 보금

자리였다. 연세(延世)가 온통 그들에게 축복을 내리며 포근히 안아 주고 있다고 생각했다.

"은영(恩榮)입니다. 영문과 1학년…."

뒤늦게 현철이 당당하게 개선장군처럼 석호에게 은영을 소개했을 때, 그녀가 한 말이 지금도 석호의 귓전에서 메아리처럼 새롭게 들려오고 있었다.

석호도 그녀로 인해 마음이 흔들렸으나 당연히 현철이 먼저 찍었으니 곁에서 도와줘야 했다. 은영과 현철은 젊음의 상징, 모란처럼, 백양로를 오가며 사랑을 시작했다. 에덴동산의 아담과 이브처럼, 그들의 모습은 '보기에 좋았더라.'였다.

그러나 그것도 잠시, 현철은 뜻밖에 일어난 사고로 인해 모든 것이 물거품이 되고 말았다. 삼천포에서 수산업을 하는 현철의 아버지에게 큰 해운 사고가 있었다. 아버지가 소유하고 있던 어선 두 척이 풍랑에 침몰했고, 1척은 바위에 부딪혀 심하게 파손되었다. 문제는 2명의 익사자가 생겼기 때문에 형사적 책임과 민사적 손해 배상을 하다 보니, 파산하고 말았다는 끔찍한 내용이었다. 알거지가 되었다고 했다.

결국 현철은 등록금은 물론 생활비도 벌어 써야 했다. 데이트는 엄두도 내지 못하고 그는 하루하루 가정교사로 일하다 보니, 수업 시간에는 졸음과 하품을 반복하기에 바빴다. 즐겁고 낭만적이어야 할 대학 생활이 이젠 먹고사는 문제와 등록금을 해결해야 하는 현실적인 일로 인해 현철은 석호와 만나는 일도 힘들었다.

반면, 석호는 입학 때부터 상황이 좋지 않았으나 캐나다 선교부에서 주는 장학금으로 등록금을 낼 수 있어 다소 나은 형편이었다. 돌이켜보면, 꿈의 동산, 연세대학교에서의 일 년은 고된 일 년이었다. 기대했던 낭만도 꿈도 등록금을 마련하여야 하는 현철에게는 먼 고행길이었다.

2학년도 마찬가지였다. 오히려 더 힘들고 짜증 나는 일 년이었다. 3학년 초, 현철과 석호는 가까스로 등록금을 마련해서 한 학기를 마치게 됐다.

'휴! 그래도 5학기를 마쳤네. 앞으로 3학기만 더 하면 졸업이다!'

그러나 현철은 2년 반(5학기), 그게 마지막이었다. 비실비실 돌던 엔진은 더 이상 가동되지 못하고 길거리에서 맥없이 꺼져버리고 말았기 때문이었다.

"석호야! 아무래도, 나, 군대에 입대해서 조금 쉬고 싶다."

"군에 입대해서 쉰다니?"

"군에 가면 일단 먹고 자고, 등록금 걱정은 없잖아. 나, 이제 더 못하겠어. 나 홀로 산다는 것이 이렇게 힘들 줄 몰랐어."

"그럼, 은영이는 어떻게 하고?"

"야, 석호야! 무슨 은영이냐? 나 하나도 건사를 못하는 주제에… 네 마음에 있으면 네가 잘 해봐!"

현철의 목소리에는 짜증이 들어 있었다.

"나도 그래. 내 주제에, 무슨….'

석호는 씩 웃었다. '내 꼴에 무슨? 어찌 감히 나 같은 놈이 그런 마음을 품으랴…' 언감생심(言感生心)이었기 때문이었다.

4. 잃어버린 꿈을 다시 찾아라

현철이 군에 입대하기 며칠 전, 그들은 무교동 막걸릿집에 가서 찌그러진 양은 냄비 뚜껑을 젓가락 짝으로 두드리며 취하도록 마셨다.

"개꿈이었어. 개꿈, 몽땅 깨져버렸어. 나, 군대 간다. 간다." 그는 취했었다.

"군대 끝내고 다시 와서 복학하거라. 꿈은 계속된다. 잠시 휴식하는 것일 뿐…."

그리고 현철은 연세대학교에 휴학계를 내고 논산으로 내려갔다. 대한민국 육군의 한 일원으로 조국을 수호하게 됐다는 자부심을 가지고.

얼마 후, 논산에서 현철이 석호에게 보낸 편지 한 통이 눈물겨웠다.

> 석호 보아라.
> 여긴 새벽이다. 모든 게 조용하다. 조용하다 보니 다 잊게 된다. 등록금 걱정도 없다. 가정교사를 하며 눈치 볼 이유도 없다. 단순하다. 단순… 그리고 순박하다. 내가 좋아하는 슈만의 꿈, 피아노 소리가 듣고 싶다. 정신병자 슈만의 트로이메라이가 들린다. 그래 꿈! 꿈! 나는 꿈꾸는 사나이, 미친놈이었어!

"뭐? 미친놈!"

그 순간, 잠시 옛날 생각에 취해 있다가 석호는 번뜩 정신이 들었다.

"어쨌든 복학을 하느냐, 마느냐? 내가 결정을 해 줘야 한다! 그렇지! 녀석은 꿈, 트로이메라이를 좋아했었어. 꿈을…."

석호는 몽유병 환자처럼 중얼대다가 다시 고민에 빠졌다.

"뭐라고 대답을 한담, 뭐라고… Yes? or No?"

석호는 모아둔 CD 음악 중에서 피아노 연주로 된 '슈만의 꿈'을 듣기 시작했다. 두 번 세 번, 그리고 이번에는 바이올린으로 된 곡을, 두 번 세 번….

20살 젊은 나이에 휴학을 했어야 했던 그의 꿈과 좌절, 이제 70살이 돼 다시 찾아보겠다는 그의 꿈을 노래한 트로이메라이에 석호는 자신도 모르게 취해 버렸다.

마치 날개 달린 천사들처럼 석호는 현철의 손을 잡고 하늘을 날고 있었다. 푸른 하늘은 넓고 무한해 보였다. 그리고 뒤를 보니 언제 따라왔는지 백양로를 손잡고 오르내리던 은영이도 날아오르고 있었다. 18살 젊은 청년, 꿈 많던 대학 1학년, 그날이었다. 진달래가 피고, 모란이 활짝 입을 벌리고 붉은 장미가 사랑의 향기를 하늘에 뿌리고 있었던 그날이었다.

"그래! 현철아! 너는 네 꿈을 결코 잊지 않았구나. 70 나이에도. 나라면 포기했을 텐데, 너는 역시 달라. 불사조여! 50년 전(1965), 네가 육군에 입대하던 그날처럼… 그렇다면! 그래, 복학해라! 설령 네 몸이 부서진다 해도, 네 마누라도 찬성한다고 하니 낸들 좋지 않겠느냐. 그래 복학해서 꿈을 이루거라!"

석호는 현철에 대한 대답을 드디어 결정하였다.

"그래, 가라! Yes!"라고.

어느새 밤 12시가 되었다. 그러고 보니 석호는 베지밀 한 컵과 던킨 도너츠 한 개 외에 아무것도 먹은 것이 없었으나 배가 고프지 않았다. 그는 이메일에 "현철아! 가라. 가! Yes다. Yes! 복학해서 네 못다 한 꿈을 이루거라. 친구 석호가."라고 써서 보냈다.

5. 복학하는 사람의 꿈, 은퇴하는 사람의 꿈

정확히 1주 후, 2015년 7월1일부터 계획했던 대로 석호는 힘들고 지루했던 외과 의사 개업으로부터 은퇴를 하게 됐다. 시원섭섭했으나 마음속에는 평온을 느꼈다. 어서 은퇴했으면 하고 기다려 왔었는데 막상 병원에 가지 않고 집에 있다 보니 시간이 남았다. 그리고 하고 싶은 일이 너무나 많았다. 무엇보다도 문학에 전념해 소설을 쓰는 일이 너무나 행복했다. 돈 드는 일도 없고 멀리 갈 이유도 없었다.

"현철아! 나는 소설가가 꿈이다. 명작을 한 편 써 보마. 죽기 전에…. 그래, 너는 네 꿈을 이루거라. 못다 한 2년, 연세대학을 끝내거라."

석호는 주먹을 꽉 쥐었다. 연세대학교가 그의 손안에서 갓 태어난 병아리 새끼처럼 벌떡벌떡 숨을 쉬고 있었다.

"석호, 내일 나 서울로 간다. 가서 미리 수강 신청을 해야 하는데,

한국이 워낙 IT가 발달돼 젊은 애들과 같이 공부하기가 쉽지 않을 것 같아. 모르긴 해도 5배 이상의 공부를 해야 겨우 따라갈 것 같아."

"그래? 그래도 하겠어?"

"부딪쳐 보자. 나, 미국에 올 때 단돈 100불 들고 왔었지. 그래도 너만은 못해도 Aamerican Dream도 이루어 봤잖아." 현철은 주먹을 힘껏 쥐었다.

"현철아! 비행기 값은 내가 주마! 장학금이라고 생각하고, 나는 너의 학부형이다. 공부 잘해!"

"그래? 석호! 고맙다!"

현철은 예상외로 거부하지 않고 흔쾌히 장학금으로 받겠다고 말했다.

"좋아! 그리고 9월 말에 나, 연세대학교에 들를 거야. 너 공부 잘하는지 가서 확인해 보자."

"그래? 고맙다."

그리고 현철은 7월 16일, 과거 보러 서울로 가는 가난한 선비처럼 훌쩍 사라졌다.

"갔구나. 꿈을 이루러, 그렇다면 나는 소설을 쓰겠다. 오늘부터."

석호는 현철이 서울로 떠난 후 외로움을 느끼기 시작했다.

"그래, 나도 너처럼 복학하자! 못다 한 문학, 그래 디아스포 (Diaspora)라 문학에 복학하자! 죽는 날까지."

'아무리 내가 미국에서 의사로 잘 살아 왔지만, 나 또한 고국을 떠나 타국에서 살아가는 이방인이었어. 디아스포라(Diaspora)였어. 뿌리도 잎새도 제대로 내려 보지 못했던 이방인, 이민자, 그래, 나도 고향에 가고 싶구나. 너처럼. 가서 마음껏 뿌리도 내리고 줄기도 뻗쳐가고, 과실도 맺어 보고….'

석호의 눈가에 흐르는 눈물방울이 어미 잃은 호랑이 새끼를 생각나게 했다. 그리고 한 달 반, 8월 말에 석호에게 온 편지는 친구를 더더욱 걱정하게 했다.

석호 보거라.

네 덕분에 등록은 잘했다마는 복학이 이렇게 힘들 줄은 상상도 못했다.

한국은 분명 발전한 나라이다. 모든 것이 IT, IPhone으로 끝내준다. 수강신청, 강의, 지하철, 심지어 식당…

이제서야 나도 시스템을 겨우 따라간다. 아예 도서관에서 방석 깔고 산다.

첫 강의 시간에 머리가 하얀 날 보고 교수님이라고 인사하는 젊은 학생들과 나는 나란히 앉아 공부를 한다. 얘들이 하는 공부의 5배는 해야 겨우 따라간다. 젊은 학생들이 아주 영리하다. 공부만 한다. 우리가 학교 다닐 때는 공부보다 노는 게 더 많았는데, 이젠 반대로 됐어.

1963년의 나와 2015년의 내가 이렇게도 다르구나. 반세기는 긴 세월이다. 제대로 따라갈는지, 겁이 난다. 그래도 해보마. 컴컴한 새벽 4시에 일어나 준비하고 신도림역에서 지하철을 타고 연세대학교에 오면 오전 6시. 강의는 오전에 듣고 오후에는 도서관에서 죽치고 산다. 밤 10시에 도서관에서 나와 하숙집으로 간다. 한 가지 신기한 것은 학생 식당에서 파는 반계탕(半鷄湯)이라는 게 있는데, 쉽게 말하면 닭 반쪽짜리인데 맛도 좋고 값도 싸다. 네가 준 장학금으로 매일 먹는다. 먹을 적마다 네 생각한다. 고맙다. 친구야!

현철.

'혹시 이 녀석, 중간에 포기하려는 것은 설마 아니겠지.' 석호는 은근히 걱정이 들었다.

6. 연세 교정에, 약속 1차 방문

9월 중순, 석호는 캄보디아 프놈펜 소재 헤브론(Hebron) 선교병원으로 봉사하러 갔다. 약 10일간을 프놈펜과 그 주변에서 헐벗은 캄보디아 환자들을 진료해주었다. 프놈펜에서 선교를 하고 있는 후배 김우정 의사는 전 재산을 팔아 프놈펜공항 근처 빈민가에 병원을 개설했다. 10년간 노력한 결과 헤브론 선교병원은 프놈펜에서 아주 신임받는 A급 병원으로 급성장했기에 자랑스러웠다.

프놈펜을 떠난 비행기가 서울에 도착하면서 석호는 흥분되기 시작했다. 몇 년 만에 와 보는 모교인가! 졸업 25년 되던 1994년에 연세대학교를 방문했었다. 아내와 더불어 찾아갔기에 자유로울 수가 없었다. 그 후 21년이 흘렀다.

연세대학교는 분명 달라져 있었다. 그 옛날, 신촌 로타리에서 걸어 올라가던 비포장도로는 사라지고 잘 포장된 새길 옆에는 아기자기한 상점들이 호화로웠다. 지하철로 연결되어 많은 인파가 몰려가고 있었다. 여유 있는 모습들이었다. 그러나 석호의 발걸음은 더욱 빨라졌다.

이제 10분만 걸어 올라가면 교문을 거쳐 중앙도서관 앞으로 가게 된다. 연세대학교(Yonsei university)와 세브란스(Severance)병원이 마치 친구를 기다리듯이 사이좋게 양옆으로 손을 잡고 있었다.

눈에 선한 그 백양로(白楊路, Aspen). 유감스럽게도 백양나무는 모두 사라지고 이름 모를 나무들로 나란히 심겨져 있었다. 이젠 지하로 자동차가 다니고 위에는 보행자들이 분주하게 걷고 있었다. 한국말만 아니고 영어 그리고 못 알아들을 외국어도 들렸다.

그만큼 학교는 국제화되었으며 크게 발전되었다. 마침내 새로 잘 지은 중앙도서관 앞으로 가니 석호를 알아본 현철이 활짝 웃으며 달려왔다.

흰머리에 백팩을 뒤에 맨 70세 대학생, 꿈을 이루려고 다시 모교로 찾아온 대학생, 미국에서 학부(Woodbridge University, LA)를 마쳤으면 됐지 뭐가 모자라서 모교에 가서 필요 없는 2년을 마저 끝내겠다고 찾아온 70세, 은발의 대학생이었다.

"야! 석호!"

"야! 현철아!"

그들은 하늘을 품기라고 할 듯이 크게 포옹했다. 어느새 눈물이 눈 가장자리에서 흐르고 있었다. 노인들의 눈물! 나이 들면 눈물이 마른다는데, 아직도 흐르고 있는 것으로 보아 그들은 젊음을 되찾은 듯했다.

지나가던 진짜 젊은 학생들이 물끄러미 쳐다본다. 웬 노털들이 그것도 백팩을 메고 여행 가방을 들고 떠들며, 포옹하며 울고 있다니….

"반갑데이!"

"공부 잘하는지?"

생각보다 시끄러운 만남이었다. 무엇보다도 먼저, 창립자 언더우드(Dr. Underwood) 동상 아래서 그들은 백팩을 메고 손을 잡고 사진을 찍었다. 방문을 기념하는 최초의 인증"샷"이었다.

지나가던 젊은 학생들이 백발의 복학생을 알아보고 "선배님! 저희가 찍어드리지요."라고 말하며 자신들의 일인 양 끼어들었다.

"야! 석호! 여기가 바로 50년 전에 너와 헤어졌던 곳이야, 그렇지?"

"아냐, 임마! 너 은영이 좋아서 뒤쫓아 가던 데여. 하하."

사실이 그러했다. 언더우드 동상과 그 주위는 모든 연세인의 정취가 엮어진 포근한 안방이었다. 특히 은영과 더불어 맺어졌던 옛 사랑이 숨 쉬는 곳이었다.

"어서 오라!"

마치 예수님이 뭇사람들을 향해 외치는 듯 언더우드 동상은 팔을 쭉 뻗었다. 눈을 들어 여기저기 둘러보니 옛 건물들과 새로 지은 건물들이 아주 조화를 이루어 한 폭의 정물화 같았다. 70세 노인, 복학생과 18살 청년 학생이 손을 잡고 활짝 웃으며 찍은 사진은 한 세대를 어울리는 공감(Empathy)의 그림이었다.

그 옛날, 은영이와 나란히 앉았던 음악관 뒤편, 아카시아 나무 아래 벤치는 더 이상 그곳에 없었다. 그럼에도 불구하고 그곳에서 그녀의 체취가 석호의 코를 시큰케 했다. 아! 은영, 어디엔가에서 살고 있을 텐데… 아들 딸 낳고 잘 살고 있겠지. 아님 죽었을까…. 현철과 석호는 알지 못하나, 그녀에 대한 기억은 또렷하게 남아 있었다.

백양로와 청송대 숲속에서 옛 정취를 추억으로 찾아볼 수 있었다. 눈을 꼭 감으니 옛 애인이 머리에 뿌렸던 향수 냄새가 코 끝을 간지럽히며, 양쪽 귀를 덮었던 검은 머리가 바람에 흔들리고 있었다. 다시 눈을 뜨고 보니 몰라보게 자란 소나무들만 눈에 보일 뿐 은영은 어딘가에 숨어서 그를 바라보며 킥킥 웃고 있는 듯했다.

"이왕 왔으니, 총장님을 한번 만나보자."라고 의견을 같이 한 후 둘은 예약도 없이 총장실로 갔다.

"예약이 없으시군요, 선배님들. 총장님은 지금 바쁩니다."라고 애송이 비서가 그들을 저지한다.

"이것 보소! 나, 미국에서 온 졸업생인데 예약은 무슨 예약이 필요해!"

"안 됩니다. 총장님은 바쁩니다."

"안 되긴, 총장님이 미국에 사는 동창들에게 언제고 한국에 오면 환영하고 만나겠다고 큰절을 했는데, 무슨 소리요!"

어거지 생떼였으나 뜻밖에도 성공적이었다.

"아이구, 대선배님이군요! 게다가 70 나이에 복학하신, 얼마 전에 연세춘추에 대서특필된 손 선배님을 알고 있습니다."

총장은 바쁜 와중에서도 그들을 영접해 담소해 주었다.

"총장님! 늙은 복학생, 잘 좀 봐 주시소."
석호는 능청을 떤 후 총장실을 나왔다.

"석호야! 배도 고픈데 반계탕(半鷄湯) 한 그릇 먹자!"
현철이 큰 소리로 말하며 손을 잡아끌었다.
"그러자, 나 그거 먹으러 왔어. 네가 하도 좋아한다고 하니 내가 한 그릇 사마!"
"아니지, 장학금을 준 은인에게 내가 한 그릇 사야지!"
닭 반 마리가 주는 즐거움, 그렇다. **친구란 2개의 다른 몸에 하나의 영혼이 깃들어 있는 것**이라고 했는데, 사실 **닭 반 마리가 합쳐 하나가 되는 것**도 친구라는 생각이 들었다.

생각해 보면 52년 전, 연세에 입학했을 때 느꼈던 그 젊음은 얼마 전에 은퇴한 석호에게서는 사라져 버렸으나 백팩을 맨 복학생, 현철에게는 아직도 "청춘 예찬, 불끈불끈 뛰는 심장의 고동 소리"가 아직도 들리고 있었다. 비록 현철은 8년 전에 끔찍한 대수술(Open Herat 수술)로 5개의 스텐트와 한 개의 바이패스가 그의 심장을 도배하고 있지만, 그럼에도 불구하고 그의 심장은 아직도 힘차게 뛰는 청춘이었다. 그러기에 그는 그보다 무려 50살 어린 손자 같은 후배들과 같이 당당하게 공부를 하고 있는 게 아닌가!

석호는 새삼스레 현철의 강력한 자존감을 느끼며 그의 손을 꼭 잡았다. 그의 손은 따스했다. '나는 네 앞에 작은 돌덩이구나, 너는 큰 바위여!'라는 생각이 석호의 마음속에서 강렬했다.

학생 식당에서 반계탕 한 그릇을 뚝딱 해치운 후 밖으로 나왔다.

놀랍게 변한 의과대학과 병원을 바라보며 석호는 시대의 발전 앞에 뒤로 맥없이 물러나는 늙은 쌈닭이라는 느낌이었다. "노병은 죽는 것이 아니라 사라지는 것일 뿐"이라는 맥아더가 생각나는 하루였다.

마침내 둘은 작별을 해야 했다.

"공부 열심히 하게. 우등은 아니라도 당당하게, 잘 있어. 이만 간다."

석호는 현철을 포옹했다. 현철의 눈 가장자리에 이번에는 소금기가 적은 늙은이의 질척한 눈물이 고여 있었다. 백양로 길을 걸어 내려오며 석호는 여러 차례 뒤를 돌아보았다. 현철은 번번이 장성처럼 서서 손을 흔들고 있었다.

"한 세기 지켜온 민족의 얼. 진리와 자유, 지켜온 겨레, 뒤안에 우뚝한 무악같이, 굳세고 슬기에 영원하여라. 아-아- 연세, 연세 내 사랑아…."

수없이 불렀던 연세찬가(延世讚歌)의 다음 가사가 문득 생각이 나질 않았다.

"진리를 알지니 진리가 너희를 자유케 하리라."라는 교훈은 생각이 났다.

아-내가 이렇게 늙었나? 어느새? 치맨가? 그런데 현철은 이 나이에 다시 시작을 했다?

"현철아! 너는 대단한 놈이구나! 시대를 앞서가는 놈이여, 부디 건강하거라."

석호의 70세 인생 중에서 가장 감동스럽고 잊지 못할 모교 방문이었다.

7. 태평양 상공에서

다음 날, 로스앤젤레스로 돌아오는 비행기 속에서 석호는 스르르 잠이 들어 꿈속으로 들어갔다. 꿈속에서는 어제 본 연세대학교의 현대식 건물과 발전된 교정이 아닌, 1963년도의 고풍스러웠던 이끼 긴 옛 교정으로 돌아가고 있었다.

2년 후, "나 논산 훈련소로 간다."라고 말하며 현철은 바람처럼 사라졌었다.

훈련소에서 편지가 온 것은 1965년 8월 말이었다. 머리 깎고 고된 훈련을 받으면서 "나는 인간의 본성을 이해하게 된다. 사느냐, 죽느냐, 에 대한 해답을 얻은 듯하다"라는 글귀가 새로웠었다.

"녀석, 빳다 좀 맞더니 개똥 철학자가 됐군."

석호는 슬며시 웃었다. 석호도 군의관 훈련 중에 굵직한 몽둥이로 엉덩이를 호되게 세 대 맞았던 기억이 떠오른다.

사실 인간의 본성(자아)을 이루는 부분은 대뇌(Cortical Brain)가 아니고 대뇌하부의 뇌(Subcortical Brain)에 있다. 본성이라고도 하고 원죄라고도 부른다. DNA에 의한 무의식기억의 중심이라고 한 말이 생각났다.

편지를 받은 후, 아마 일주일이나 됐을까, 훈련을 마치고 부대 배치를 받으면서 잠시 서울에 올라왔다. 아프리카 아저씨들처럼 햇볕에 탄 현철은 육군에서 가장 계급이 낮은 이등병이었다. 민간인 친구, 석호를 만난 것은 청량리 로터리 어느 비가 새는 포장마차에서였다.

"원주 1군단, 소속 사단 본부부대로 가게 됐어."

"원주, 사단본부로? 잘 됐다! 전방이 아니라서."

"그런데 그건 사단 본부에 가봐야 알아. 잘못하면, 인제-원통일지도 몰라. 빽이 없으니…."

"그래? 그럼 어쩌지?"

"어쩌긴, 그게 운명인데, 어디고 떨어지는 데서 최선을 다하면 돼."

현철은 소주와 막걸리 냄새를 풍기며 중앙선 열차에 올랐었다. 혹시라도 헌병한테 걸려 터지지 않을까, 걱정이 됐었다. 후에 들은 소식은 연세대학에서 행정학을 공부하다 나왔다는 이유로 헌병이 됐으며 사단장 집 자녀들을 가르치는 가정교사 일도 한다고 해 석호는 마음을 놓았었다. 근무처는 치악산 근처 파견대라고 했었다.

1965년 그해 겨울은 추웠다. 그러나 젊은 그들에게는 별 추위가 아니었다. 다음 해 1966년 3월, 석호는 본과 2학년으로 진급했다.

웬일인지 현철로부터 별다른 소식이 없었다. 사단장의 이동에 따라 강원도 산골 인제 육군 사단으로 전속되었음을 알게 됐었다. 마침내 그로부터 산골 단풍 냄새가 스며나는 국군아저씨의 편지가 석호에게 날아 왔었다.

> 석호에게-
>
> 여긴 인제 산골, 휴전선 철책이 바로 코앞에 있는 최전방이네.
>
> 상병으로 진급됐고, 사단장 집에 가 애들을 가르치다 보니 힘은 들지 않으나 너무나 무료하네. 알고 있는 알량한 지

식을 다 까먹고 있네.

앵무새처럼 김일성을 찬양하는 확성기 소리, 차라리 저놈의 앵무새라도 되고 싶다네.

산골짝에서 가재도 잡고 미꾸라지도 잡아 가끔 회식도 한다네.
너도 언젠가 군의관이 되면 여기 인제 산골로 와 근무를 해보게나. 없는 듯하나, 모든 것이 있는 곳, 잃어버리는 듯하나 얻는 곳이라네, 손오공의 요술 방망이 같은 곳이 바로 최전방이라네.
어느새 66년 가을이 되네. 세월은 유수같이 아니 바람같이 참으로 빠르네그려.

놀라지 말게. 나, 월남전에 자원했어. 여기서 이렇게 무료하게 보내기보다 색다른 곳에 가 새로운 경험을 해 보려고 하네.

우리 동기들은 4학년이 되고 다음 해에는 나처럼 군대에 들어오겠지. 그때쯤 되면 나는 1968년 2월 초, 제대하고 복학해 3, 4학년을 마무리 지으려고 한다네.

현철.

석호도 지체하지 않고 답장을 보냈다.

> 고맙다. 난 네가 어디 가서 죽었나 했다. 인제 산골에 가서 미꾸라지도 잡아 추어탕을 만들어 먹는다니 다행이다.
> 내년에는 복학해서 마무리 짓자. 나는 아직도 2년 더 해야 졸업한다. 다행히 장학금도 받고 대여도 받아 간신히 간신히 다니고 있다.
> 얼마 전에, 은영 씨가 나를 찾아왔는데, 놀라지 마라. 내게 너에 대해 질문을 했다.
> "현철 씨는 어찌 되었는지요?"
> "현철이요? 강원도 산골에 들어가 도를 닦고 있습니다."
> "도를?"
> 그녀는 고개를 갸우뚱거리다가 도망치듯 사라졌다네. 별 볼일이 없다고 생각한 듯하네.
> 그 후에 아무런 소식도 없는 것으로 보아 제 갈 길을 찾아간 듯하다. 계집애들은 사내들보다 더 영리하니까.
> 사람은 각각의 길이 있게 마련이지,
> 나도 갈 길이 멀어 그런 데는 아예 신경 끄고 산다. 아니 돈이 없다. 연애란 내게는 사치일 뿐이다. 그저 공부나 하련다.
>
> 석호.

1966년 12월, 겨울

느닷없이 현철이 석호를 찾아왔다. 휴가란다.

"야! 너 살아왔구나!"

"엉, 살아 왔어. 그런데 이번에는 진짜 전쟁터에 간다. 월남에 간다."

"월남? 언제?"

"1월 초에, 부산 가서 LSD탄다."

솔직히 석호는 섬찟했다. 녀석은 농담을 한 것이 아니고 진담이었다. 신촌역 부근 막걸릿집에서 고등학교 친구들이 녀석을 위해 월남참전 환송회를 했다. 맹호부대, 현철이 월남에 가서 적의 심장을 향해 실탄을 발사한다? 그때, 어떤 마음이 들까? 석호가 보기로는 녀석은 적을 향한 총구를 모르긴 해도 하늘을 향해 발사할 놈이라고 생각했다.

단도를 들고, 눈을 부릅뜨고, 네가 죽든지 내가 죽든지…, 적의 가슴에 번쩍이는 섬광을 내며 단도를 팍 꽂아 넣을 놈이 아니다. 그런데 그런 그가 월남에 간다니, 말도 안 되지….

그날 저녁, 동창 놈들은 모두 취해 떨어졌다. 기껏 마신 술은 막걸리, 그중에는 카바이트를 섞은 저질 막걸리도 있어 몸에 해로웠다. 그러나 그건 문제가 되질 않았다.

"야! 이번에 가면 월남 꽁까이, 예쁘다는데 하나 물어오라!"

"알았어."

현철은 씩 웃으며 대답했으나 죽고 사는 판에 '무슨 꽁까이'라고 비웃는 듯했다. 해를 넘겨 현철은 부산 제3부두에서 친구들의 환송을 받으며 죽음과 삶이 오락가락하는 월남, 퀴논으로 향했다. 집채만 한 LSD 갑판에서 손을 흔들며 맹호들은 우렁차게 군가를 불렀다.

"자유통일 위하여 조국을 지킵시다! 우리는 맹호부대, 맹호부대 용사들아. 이 목숨, 조국을 위해 바치리다!"

그가 떠난 부산 항구에 아직도 울려 퍼지는 메아리 같은 노래, 등록금이 없어 돈 벌러 떠나가면서 울부짖는 노래, 갈매기도 같이 울고 있었다.

"살아서 돌아오라, 현철아! 돈도 꽁까이도 다 필요 없다. 살아서 돌아오라! 녀석아, 바보 같은 놈! 남들은 군대 안 가려고 바둥대는데, 너는 병신처럼 자원을 하다니…."

석호는 그날 이후 현철이 근무했던 인제 사단 그리고 월남을 마음속에 깊이깊이 새겨 두었었다. 그가 가는 길이 바로 석호 자신도 따라갈 길이라고 생각했기 때문이었다.

8. 복학생의 하루

2015년 7월 중순, 현철은 사랑하는 아내, 아들, 손자 손녀들을 미국에 두고 못다 한 꿈을 성취하려고 서울에 왔지만 연세대학교는 너무나 변해 낯설고 물설었다. 무엇보다도 나이가 들어 IT에 익숙하지 않았는데, 막상 연세에 와 등록하는 첫 순간부터 일이 막히기 시작했다.

누구나 갖고 있는 iPhone, smartphone인데 미국에서 온 70세 노인, 현철에게는 익숙하지 않은 괴물이었기 때문이었다. iPhone을 하나 장만해 사용 방법을 하나하나 마치 초등학교 아이들처럼 배워야 했다. 막상 만난 연세 학생들, 특히 3학년 학생들을 보니 하나같이 또 릿또릿하고 영리해보였다. 영양 상태도 좋고 키도 크고, 여학생들은 50년 전에 비해 훨씬 예뻤다.

1963년 입학 당시, 영양실조로 얼굴이 파리했던 연세대학 학생들과는 완전히 달라 보였다. 꼰대라는 말이 실감 났으나, '꼰대 없는 젊은 네놈들은 없다.'라는 배짱이 생겼다.

'이놈들아, 너희들은 아니? 서독 광부, 간호사, 월남 참전, 중동 노동자. 바로 네놈들의 아버지, 할아버지가 아니냐? 나는 맹호이니라!'라는 뚝심도 생겼다.

네 과목을 수강하는 것으로 등록을 겨우 했다. 학생들은 머리가 하얀 그를 볼 때마다 교수로 생각을 하였다가 학생인 것을 알고는 놀라움과 신기함으로 대했다. 더욱이 50년 선배가 된다고 하니 경이의 눈으로 바라보았다.

강의가 시작되자 교수들은 웬 늙은이가 왔나? 혹시 교수를 감독하러 온 다른 스파이 교수라고 생각했는지 경계의 눈초리를 보였다.

"저, 교수님 강의를 들으러 온 복학생입니다."

"예? 복학생이라구요?"

"그렇습니다. 63학번(입학년도)입니다."

"63학번? 그럼, 1963년?"

"그렇습니다. 교수님."

"아이구! 대선배님이시군요!"

오히려 교수가 미안하다고 엄살을 부렸다. 그는 항상 강의실에 15분 전에 들어와 맨 앞자리에 앉았다. 귀가 잘 안 들리고 눈이 침침했기 때문이었다.

"선배님은 어디 계시다가 오셨나요? 무엇을 하셨나요?"

등등의 질문이 쏟아졌으며 대답은 늘 다음과 같았다.

-1963년에 입학한 후, 3학년 2학기 때 월남전에 갔다 제대 후 1968년 미국으로 가 그곳에서 대학교(우드브릿지 대학교)도 다녔고, 사업도 하고 그리고 아들과 손자 손녀도 있는데… 한 가지, 연세에서 졸업을 하지 못한 것이 늘 한이 돼 다시 복학해 이렇게 공부를 하게 됐다고, 하루에도 여러 차례 젊은 후배 학생들에게 앵무새처럼 설명을 하였다.

연세 학생들은 대부분 고등학교 내신 상위 그룹이며 정말로 열심히 공부를 하는 것으로 보였다. 이들은 졸업 후 직장을 가져야 하는데 학교 성적이 너무나 중요했기에 죽고살기로 공부를 하였다. 마치 출세하기 위한 직업교육, 내지 취업 위주로 공부를 하다 보니 아주 살벌해 보였다. 왜냐하면 모든 것이 성적순대로 채용되기 때문이었다.

그 옛날 현철이 20대이던 그 시절과는 너무나 달라 보였다. 정서와 인간미가 없어 보였다. 모든 것이 전산화, 기계화 그리고 컴퓨터 속에서 돌아가고 있어 마치 AI(인공지능)의 세상 같았다.

일부 교수들도 그러했다. 선생과 학생의 사이가 너무나 무뚝뚝했다. 인정머리가 없어 마른 명태를 씹는 기분이었다.

매일 매일 따라가는 것이 힘들었다. 다른 학생보다 5배의 공부를 해야 겨우 따라갈 듯했다. 열심히 했다. 그리고 자존심과 품위를 지켜야 했다.

'내가 누구냐? 고등학교 시절에 반장을 했다. 대학 시절에 가정교

사를 하면서도 A, B를 받았는데,'

　　이제 70세 늙은 복학생은 젊은 시절, 그때와는 달랐다. 아주 힘들었다. 그간 미국에서 4년제 대학공부를 영어로 해냈고 미국 생활을 통해 지식도 많이 축적했으며, 솔직히 영어도 젊은 학생들보다 훨씬 낫지 않은가?

　　그러나 주어진 숙제, 프로젝트가 예상외로 벅찼다. '내가 잘못 왔나? 지금이라도 그만둘까.' 그는 가끔 포기하고 돌아갈까를 생각해 보다가 다시 마음을 크게 먹었다. 미국에 두고 온 아내, 식구 그리고 석호를 보더라도 끝까지 해야 했다.

　　현철보다 14년이나 후배가 되는 교수가 있다. 그 교수는 웃지도 않고 무뚝뚝하다. 인간미가 없는 싸가지 후배 교수였다. 그로부터 받은 상처가 컸었다. 현철은 그 교수가 까다롭다는 정보를 알고 그의 과목을 특별히 더 공부를 했다.

　　마침내 중간시험이 문제가 됐었다. 그가 낸 주관식 문제에 대해 그는 자신의 생각을 많이 첨가해 문제를 풀어 대답을 했었다. 자신 있게 대답했다고 확신한 현철은 좋은 시험 결과를 은근히 기대했었다.

　　그런데 결과는 참담하게도 겨우 5점, 꼴찌였다. 게다가 과 전체 학생들이 다 알도록 이메일로 게시가 되었다.

　　"아니? 5점이라니? 게다가 꼴찌라니…."

　　현철은 크게 놀랐다.

　　"이건 분명 아니다. 자존감이 떨어진다. 아무렴?"

　　망설이다 큰맘 먹고 그 문제의 교수를 찾았다.

"5점이라니요? 나, 교수님 강의 충실히 듣고 이해하고 답을 했습니다."

"내가 가르친 것대로 답하지 않았습니다. 너무 엉뚱한 대답이었기에. 재시험을 보든지 아님 낙제가 됩니다."

"예?"

눈에 불이 났다. 울고 싶었다. 아니 한 방 때려주고 싶었다. 그러나 그는 참고 밖으로 나와 생각했다. 말도 안 되는 저런 교수, 내가 이런 수모를 받으며 공부를 해야 하나? 생각하고 생각했다.

"아니다. 참고 하자. 하자!"

복학을 결심하는 일보다 더 힘든 결정을 한 셈이었다. 눈물이 주르르 흘렀다. 10여 년 전에 받은 심장 수술로 인해 가끔 그는 숨이 차곤 했었다. 오늘이 그러했다. 감정이 격하다 보니 심장에 부담이 더 된 듯했다.

"잘못하면 심장이 멈출 수도 있다. 참자. 내 꿈은 졸업을 하는 거다. 저런 교수와 다투는 것이 아니다."

결국 재시험을 봐 낙제를 겨우 면했으나 마음에 큰 상처를 받았다.

9. 월남 참전, 복학생이 영웅이 되다니…

그러나 가끔은 좋은 일도 있었다

"선배님! 월남전에 참전하셨다고 하셨지요? 복무 기간도 3년이 넘었구요?"

동료 학생, K 군이 방과 후, 학교 앞 피자집에서 물은 질문이었다.

"1967년 1월, 월남전에 참전했지요."

"1967년이면 와! 나는 아직 세상에 나오지도 않았군요."

K 군은 감탄을 하며 뻬뻬로니 피자 한 조각을 그의 접시에 올려주었다.

"K 군! 월남전 참전은 결코 손해가 아니었어요. 국가가 다시 부흥하느냐 주저앉느냐 하는 기로였지요. 별 볼 일 없는 내 한목숨 바치려고 월남에 갔습니다."

-1967년 1월13일, 현철을 태운 LSD는 부산항을 떠나 무려 일주일이나 걸려 월남 중부에 있는 퀴논 항구에 도착했다. 시원한 바닷가 백사장과 우뚝 솟은 야자나무가 이채로웠다. 손현철 상병은 대학 재학 중에 입대했고 인제사단에서 헌병으로 근무했기 때문에 역시 헌병 병과를 받았다. 남의 나라에 참전했기에 군대의 법을 집행하는 헌병의 임무는 막중했다.

손 상병은 임무 차, 북으로는 다낭, 후예, 남으로는 나트랑, 투이호아, 달라트 그리고 사이공에도 출장을 가는 일이 곧잘 있어 위험에도 노출되고 반면 월남에 대한 새로운 지식도 아울러 갖게 됐다.

5월의 월남은 무덥고 온통 푸른 숲속이었기에 캄보디아와 접경을 지나는 베트콩 루트에서는 연일 전투가 벌어지고 수색 방어 등으로 많은 인명 피해가 있었다. 그러나 워낙 강한 한국군의 위용, 특히 맹호의 용맹성은 월남 전역에 증명되고 있었다.

나트랑, 캄란에 주둔한 청룡부대, 백구부대 그리고 붕타오의 이동외과병원 등, 따이한의 이름은 온 월남에 드높았다.

어느 날, 손 상병에게 색다르고 인상 깊은 작전이 주어졌다. 이번 작전은 달라트에 있는 월남 육군사관학교와 지역방위 사령관을 만나 문서를 전달하며 아울러 미군들과 작전회의를 하는 맹호 장교를 따라가는 일이었다.

맹호부대를 대표로 가는 김 대위를 따라 가며 엄호해주는 임무가 부여됐다. 일행은 짚차 한 대와 스리쿼터 한 대, 운전병, 장교 2, 하사관 1 그리고 졸병 5명이었다. 계급이 낮은 손 상병은 마지막 스리쿼터 뒤편에서 기관총을 장전하고 있다가 밖에서 일어날 돌발 공격에 대비하는 임무였다. 퀴논에서 달라트(Dalat)까지 약 5시간 달려 도착했다. 혹시 매복된 베트콩에 의해 저격을 받을 수도 있었다.

달라트는 정말 아름다운 옛 도시로 도시 복판에 있는 큰 호수가 인상적이었으며 도시를 둘러싼 산은 온통 정글이었다. 달라트지역 사령관은 준장(별 하나), 보(Vo) 장군이다. 장군의 관사에서 미군 장교 2명 그리고 한국 장교 2명, 월남 장교 2명 그리고 보 장군이 회의를 주재하였지만 손 상병은 그들이 무엇을 논의하고 결정하는 것에는 관여할 수가 없었다. 그렇다고 자유롭게 돌아다니는 것도 아니고 회의장 주변을 경비하고 식사 준비를 도와주는 임무가 있었다.

뜻밖에도 이곳에서 손현철 상병의 운명을 결정해줄 사건이 생겼다. 참으로 우연이었으나 필연이었다. 휴식 시간에 관사 식당에서 미군 하사 하나와 각별한 인사를 하게 되었다.

"하이! 록카(ROKA, 한국 육군), 안녕, 내 이름은 하사 밀리간(Milligan)이여, 만나서 반갑네."

퀴논에 있는 미군 부대에서 왔다고 했다.

"하이! 나, 손 상병이고, 맹호부대…."

"그렇지, 맹호! 타이거(Tiger)."

둘은 마치 자석에 끌리듯 친근해졌다. 밀리간 하사는 오하이오주 크리스챤스버그가 고향이고, 23살로 현철보다 1살 반 더 많았다. 키가 훌쩍 큰 백인으로 독일 이민자라고 했다.

그가 사는 크리스챤스버그 인근에 있는 큰 도시로 데이톤, 콜럼 버스, 멀리 북쪽으로 클리브랜드, 남쪽으로 신시내티가 있다고 했다. 고등학교 졸업 후 집안일을 돕다 군에 입대했다. 제대하면 군 장학금을 받게 되며 콜럼버스에 있는 오아이오 주립대학(OSU)에 내년에 입학할 것이라고 설명하며 씩 웃었다. 현철은 서울에 있는 연세대학교를 다니다 입대했노라고 하니, 그는 "와, 원더풀!"이라고 부러워하는 듯했다.

한국에 대해서는 잘은 모르나 연세대학교에 대해서 궁금해했다. 언더우드라는 뉴욕 선교사가 와서 설립하였고 오하이오 클리브랜드 에서 세브란스라는 분이 병원을 설립해 주었노라고 하니, "아! 그런 분이 계셨군요!"라고 감동하는 듯했다. 퀴논에 있는 미군 부대와 연락처, 전화번호를 알려 주며 서로 친구가 되기로 약속했다.

그날 저녁 사령관 집에서 저녁 식사를 한 후 그들 가족과 만났다. 사령관의 부인은 프랑스 여성이었으며 절세미인이었다. 16살 된 딸과 13살 된 아들은 미국인과 한국인의 모습이 다르기에 신기한지 연신 질문을 하였다.

딸의 이름은 닌(Nihn), 아들은 쿠이(Qui)[2]라고 하며 보(Vo)는 옛 왕

---

[2] Qui, 쿠이 = 퀴로 들림

족의 성이라고 설명해주었다. 닌 보와 쿠이 보는 잘 자란 소녀, 소년이었다.

"한국과 미국, 어느 쪽이 더 큰 나라인가요?"라고 아들이 물었다.

미국이 훨씬 크지만 한국도 큰 나라라고 밀리간이 대답을 했다.

"한국에도 눈이 오는가?"라고 딸이 현철에게 물었다.

오하이오에도 눈이 오고 한국에도 눈이 온다고 현철이 대답해 주었다. 미국은 멀기 때문에 가까운 한국에 가서 눈 구경을 하고 싶은데 그렇게 해줄 수 있는가, 라고 물었다. 그러겠노라고 하니 닌은 새끼손가락을 내밀며 약속하라고 했다. 물론 그러겠노라고 현철은 물론 밀리간도 약속하였을 때 그들은 함빡 웃었다.

"와! 우리는 미국, 한국 다 가보네. 까문! 까문! 까문!"

세 번을 외쳤다. 돌이켜보면 섣부른 약속이 얼마나 중대한 미래가 될 수도 있다는 예측을 하지 못했었다.

"거짓 맹세를 하지 말라."라고 성경에도 쓰여 있으니까.

결국, 닌과 쿠이 보 남매와의 약속은 큰 만남을 예고하는 징표였었다.

사령관 관저에서 아래로 내려다본 달라트(Dalat)는 절경의 도시였다. 고.딘.누라는 대통령 동생이 여기에서 살고 있으며, 큰 호수가 시내에 위치하고 있어 마치 산속에 있는 도시 천국처럼 느껴졌다. 게다가 주위의 정글 속에 세 개의 큰 폭포가 있다고 한다. 매년 수많은 신혼부부가 여행으로 찾아온다고 사령관 부인은 설명해 주었다.

사령관과 장교들 사이의 회의는 잘 마무리되었는지 다음 날, 아침 식사 후, 퀴논으로 돌아오게 됐다. 물론 사령관의 딸과 아들의 이름 그리고 주소를 수첩에 잘 적어 두었음은 말할 나위도 없었다.

부대로 돌아온 지 2주 후 토요일, 현철은 뜻밖의 손님을 만나게 됐다. 대대 본부에서 빨리 본부 면회실로 오라는 전갈을 받고 달려가 보니, "와!" 놀랍게도 밀리간 미군 하사가 하늘에서 떨어져 내려온 듯 그를 기다리고 있었다.

"헤이! 손! 나, 잠시 출장왔다가 얼굴 좀 보려고."

마침내 현철과 밀리간은 가끔 부대 밖으로 외출을 나오면 카페나 월남 식당에서 식사를 했다. 밀리간은 결코 술을 마시거나 월남 꽁까이와 놀지 않았다. 그는 그가 받는 월급은 본국 오하이오로 전액 송금했다. 그는 그의 고향 이름, "크리스찬스버그" 처럼 착실한 기독교 신자였다.

10. 플레이크에서의 비극 (월남 중부, 호지민 루트와 가까운 도시)

1967년 초가을, 육군 병장 현철에게는 놀랄 일이 벌어졌다. 토요일 오후, 외출하지 않고 병사 내무반에서 빨래도 하고 그간 밀린 서류 정리를 하고 있었다.

"손 병장!"

누군가 그를 부르는 소리가 내무반 밖에서 들렸다.

"누구십니까?"

손 병장은 내무반 입구를 바라보았다. 검은 색안경을 쓴 키 큰 소위가 문밖에 장성처럼 서 있었다.

"충성!"

손 병장은 소위를 향해 호랑이 같은 우렁찬 구호를 외쳤다.

"좋아! 충성."

소위도 그의 구호를 받아들이며 성큼 안으로 들어왔다.

"손현철? 너, D고등학교 출신이지?"

"옛썰! D고교 출신입니다."

그는 목청을 높였다.

"어- 어- 야! 반갑다. 나, 권종수야! 종수!"

그리고 그는 색안경을 벗었다.

"아니! 종수?"

손 병장은 권 소위에게 되물었다.

"그래, 나야! 종수. 며칠 전에 전역해 왔어."

이게 웬 말인가, 이국만리 전쟁터에서 고등학교 동기 동창 친구를 이렇게 만나다니…. 권 소위는 D고교를 졸업하고 육군사관학교로 진학해 소위로 임관된 것이 올해 2월 말이었다. 공부도 잘했고 체격도 늠름하였다. 집안이 가난하다 보니 아무래도 돈 안 드는 육사를 선택해 오늘에 이르렀다.

"반갑다! 반가워!"

그들은 동기 동창이라는 것 하나만으로도 눈물이 날 정도였다.

"올해 지나면 내년 2월에 제대하고, 연세대학에 복학하려고…."

현철은 여기에 온 이유를 말했다.

"고생 많았다. 자주 보자."

권 소위는 제2대대 제1소대를 지휘하게 되었다고 했다. 월남에서 1년간 복무하려고 자원했다고 했다. 아무래도 육사 출신이기에 전투

경험이 있어야 했고 진급을 하는 데 빠른 길이기도 했기 때문이었다.

맹호부대는 이름 그대로 용맹과 지략 있는 지휘관이 필요했으며 그것을 습득하는 최선의 부대였다. 몇 차례 가까이에서 그리고 먼발치에서 권 소위를 만나 보았다. 이역만리 전쟁터에서 육사 출신의 소위 친구가 곁에 있다는 자체만으로도 큰 버팀목이 되었다.

현철이 속한 소대도 순번에 따라 지뢰 탐사, 베트콩 루트 엄호사격, 숨은 베트콩 수색 작전으로 칸송, 프레이크로 작전을 나간다. 주간 작전도 있지만 야간 작전도 많았다. 현철이 월남에 온 이후 다행히도 소대원 중에서 전사한 병사는 없었으나 사고로 다친 병사는 꽤 많아 후방으로 후송되거나 본국으로 후송되곤 했었다.

권 소위를 만난 지 5주 되던 날 오후, 현철은 깜짝 놀랄 소식을 들었다. 풀레이크로 수색 작전으로 나갔던 권 소위 소대원 2명이 지뢰를 잘못 밟아 즉사했다는 비운의 소식이었다.

그런데, 놀랍게도 현철의 친구 권 소위도 그중 하나였다.

"뭐라고, 종수가? 종수가?"

현철은 땅을 치며 통곡을 하기 시작했다.

하나님도 무심하지, 아버지 없이 어머니와 살아온 종수가 죽다니…. 소위로 임관한 지 9개월, 월남 온 지 5주. 현철은 하루 종일 권 소위를 생각하며 울고 또 울었다. 보다 못해 소대장이 물었다.

"손 상병! 권 소위와는 고등학교 동기 동창이라면서, 그렇다면 하루 종일 그의 곁에 가서 나 대신 울어도 된다."라고 특별히 허락했다.

다음 날, 고(故) 권 소위(추서 후 중위)를 위한 장례식이 사단 본부 강당에서 지휘관 몇 명이 참관하는 중에 이행됐으며 규정대로 화장해 화장함에 넣어져 고국으로 후송하게 됐다.

"종수야, 잘 가라."

문득 아들의 시신, 아니 한 줌의 재로 된 함을 붙들고 하염없이 울고 있을 종수 어머니의 얼굴이 현철의 어머니처럼 그의 눈앞에서 클로즈업되었다.

"어머니! 어머니!"

죽은 권 소위는 사라지고 이번에는 현철 자신의 모습이 초라하게 눈에 떠올랐다. 그날 오후, 군악병이 부르는 진혼곡이 확성기를 통해 온 맹호 사단에 울려 퍼졌다.

"우리는 맹호부대, 맹호부대 용사들아, 한결같은 우리 마음, 조국을 지키리다."라고.

"종수야! 먼저 가그레이."

현철은 친구의 죽음을 보면서 자신의 죽음을 100% 실감하게 됐다.

11. 뒤바뀐 운명 - 김신조 사건

1967년 12월 말, 현철은 드디어 1년간의 월남 참전에서 살아 무사하게 돌아오게 됐다. 부산항에 도착하니 어머니가 마중 나와 기다리고 있었다. 어머니는 울고 계셨다. 돈이 없어 군에 입대하고 월남까지 갔다 온 아들….

무사히 살아온 것이 너무나 기뻤다. 아들에게 미안함을 느꼈는지 기쁨의 표시가 울음이 되었다. 이제 내년 2월이면 제대를 하게 되고 3

월에는 3학년으로 다시 복학을 하게 된다. 그리고 1년 반이면 졸업이 되는 필연적인 순서가 그를 기다리고 있었다.

해를 넘겨 대망의 제대를 하게 되는 1968년 1월이 되었다. 병장 제대 말년, 1개월만 보내면 제대가 된다. 아주 소중한 시간이었다. 먼지 낀 책도 찾아봐야 했고, 석호도 만나 새로운 인생을 시작하게 된다.

'2월 8일에 제대하고 3월 1일, 복학한다. 3학년으로!'

푸른 꿈이 눈앞에서 어른거렸으며, 잊혀진 은영보다 더 예쁜 여학생을 만날 수 있으리라 생각해 보니 가슴이 울렁거리고 백양로에 붉은 카펫이 깔린 기분이었다.

그런데 1968년 1월 말!

청와대를 깨부수고 박정희 대통령의 머리를 잘라버리려고 3·8선을 넘어 쳐들어온 무장간첩 김신조 일당으로 인해, 온 남한이 벌집을 쑤신 듯했다.

경찰서장이 간첩의 총에 맞아 죽었으며, 여러 장병과 경찰이 희생되었다. 그리고 일당 중에서 김신조만 유일하게 생포되었다. 그러나 현철에게는 터진 벌집 이상이었다. 이 일로 인해 제대가 2개월 연장되었기 때문이었다. 그렇게 되면 이번 봄, 3월 복학 등록이 되질 않는다. 결국 가을 학기를 기다려야 했다.

그해 4월, 제대를 했으나 어정쩡했다. 무료하게 4개월을 더 기다려야 한다니….

결국 아르바이트로 돈 벌면서 시간을 보내야 했다. 김신조 사건은 그의 앞길을 막고 있었다.

"우라질 놈들! 월남에서 돌아오니 이젠 북한 놈들이 나의 앞길을 막네!"

후회막급이었다. 친구들을 만나보니 학교 공부하느라 바쁘게 돌아가고 있으니 그는 홀로 낙동강 오리알이었다. 석호도 예외는 아니었다. 의과대학 실습에, 시험공부하느라 눈코를 뜨지 못하고 있었다.

"베라먹을, 어떻게 하지?"

석호도 별 용빼는 재주가 없는지 헛소리만 하고 있었다.

"알았어. 너, 공부나 잘해. 낙제하지 말고, 내가 알아서 할 테니."

현철은 홧김에 큰소리를 쳤다.

순간 그에게 들려오는 우레 같은 목소리가 고막을 우박 떨어지듯이 두드리고 있었다.

"헤이! 손! 미국 와서 공부할 생각 있으면 언제고 연락해줘! 내가 힘써볼 테니…."

월남에서 만난 미국 친구 밀리간의 카랑카랑한 목소리였다.

"아! 그랬었지, 맞아. 미국에 가서 공부를 해 볼까?"

현철은 밀리간에게 편지를 써 등기우편으로 보냈으나, 속으로는 긴가민가 확신이 서지 않았다. 그가 한 말이 진실이었는지, 아님 지나가는 말이었는지 그로서는 자신이 서지 않았다. 미국 오하이오주 시골에서 온 일개 병사가 한 말이 얼마나 신빙성이 있을까.

"에라, 잊어버리자."라고 포기하고 내친김에 삼천포 집으로 내려갔다.

집안 사정은 많이 좋아져 있었다. 아버지가 여기저기 다니며 노력한 결과 현철이 복학해 학교에 다닐 여건은 되어 있었지만, 그래도 가정교사나 다른 아르바이트를 해서 용돈은 벌어야 했다.

2주 후 서울로 올라와 도림동 이모 집에 머무르면서 일자리를 찾아보기 시작했다. 남은 4개월 동안 착실히 일하면 등록금은 마련할 것 같았다. 다행히 종로에 있는 작은 출판사에 임시직으로 일을 시작했다. 과거에 고학을 했었다는 사장님도 연세(延世) 출신이었기에 급료가 생각보다 후했다.

이런 상태면 2학기 등록은 물론 향후에도 아르바이트를 이곳에서 하면 졸업하는 데 큰 문제가 없을 것 같았다.

12. 오하이오의 사나이

5월, 모란이 피고 아카시아꽃이 눈처럼 떨어지는 화사한 초여름, 현철은 뜻밖의 편지를 받아 들고 당황했다. 사각봉투에 성조기가 찍힌 우표가 여러 장 붙어 있는 국제 우편이었다.

리차드 밀리간(Richard Milligan)과 오하이오주 크리스찬스버그(Ohio, Christiansburg)라는 글자에 그는 후다닥 놀랬다.

아르바이트를 해 학비를 순조롭게 벌고 있는 지금, 설마 했던 편지가 날아 왔으니 당황스러웠다. 내용은 더 당황스러웠다.

하이 손! 나도 제대를 하고 여기 오하이오 집으로 돌아왔다네. 그리고 이번 9월부터 나도 콜럼버스에 있는 오하이오 주립대학(OSU)에 입학하게 된다네. 전공은 역시 전기공학으로 정했다네.

손! 미국에 온다고? 환영하네. 내가 할 수 있는 일은 자네를 초청하고 비행기표를 보내는 것이 첫째일 것 같아.

미국에서는 2년제 대학은 학비가 거의 안 드니 일단 2년제, 초급대학에서 시작하고 3학년은 대학교로 편입을 하면 되겠지. 다른 데는 몰라도 오하이오는 그렇다네.

콜럼버스, 데이톤, 신시내티 등지에 많은 주립대학이 있으니 맘만 먹으면 얼마든지 할 수 있을 것 같네.

편지를 받는 대로 속히 미국행 여부를 알려주면 곧 시행하겠네.

크리스찬스버그에서 리차드.

"밀리간! 고맙네. 제대를 했구먼."

현철은 뒤통수를 한 방 맞은 기분으로 멍하니 어찌할 바를 모르고 서 있었다. 역시 미국 사람은 1등 시민이라고 생각했다. 책임감이 강하고 남을 돕는 희생정신. 그렇다. 오하이오에서 대학도 가지 않고 월남에 와서 싸웠다니, 생각해 보면 한국전쟁(6·25)때도 그러했었다. 이름도 모르는 극동의 가난한 나라, 한국을 도우러 왔던 젊은이들이었다.

밀리간과 두 차례 편지가 오고간 후 마침내 현철은 미국행을 결심했다.

"아버지! 저, 미국에 가서 공부하겠습니다."

"미국? 네 결심이 섰다면 그렇게 하라. 아버지가 도와주지도 못해 미안하구나. 용서해라, 아들아!"

마침내 그는 밀리간으로부터 초청장과 비행기표를 받아들고 미국 대사관 앞, 긴 행렬 속에서 몇 시간을 기다렸다.

"연세대학으로 복학하지, 왜 미국을 가려나요?"

백인 영사가 그에게 물었다.

"연세는 언더우드가 세운 학교입니다. 저는 그가 공부한 미국에 가서 더 나은 학문을 배우고 오렵니다."

마침내 연세대학교 2학기 등록이 시작되는 8월 그는 미국행 비자(Visa)를 받아 들고 미지의 세계로 눈을 돌리게 되었다. 180도 다른 결정이었다.

"가자! 가서 성공하자. 어메리칸 드림을…."

8월 15일, 땀이 샘처럼 흘러내려 얼굴을 적시는 무더운 오후, 세브란스병원 앞에서 현철은 석호를 만났다. 석호는 실습 중에 잠시 병원 앞 벤치로 내려왔다.

"야! 너, 복학했지. 그래 기분이 어때?"

석호는 계면쩍게 물었다. 도움을 주지 못했던 것이 마음에 부담이 된 듯했기 때문이었다.

"야! 나, 내일 미국 간다."

"뭐라구? 미국? 아니 무슨 소리여?"

현철은 그간에 있었던 일들을 자세히 알려 주었다.

"그래, 그런 은인도 있네. 크리스찬스버그에 밀리간이라. 가면 어떻게 되는 거니?"

"나도 몰라. 여기서 애쓰는 것만큼 미국 가서 애쓰면 더 낫겠지. 가서 연락하마. 그리고 몸조심하거레이. 다시 만날 때까지…."

이날 이후 현철과 석호는 앞날을 예측 못하는 상태로 헤어졌다. 단지 석호는 "밀리건, 퀴 보, 닌 보. 오하이오 크리스찬스버그, 월남의 도시, 달라트"를 뚜렷하게 기억하고 있을 뿐이었다.

"모레 아침에 노스웨스트 비행기로 미국에 간다. 가서 다시 연락하마. 죽지 않으면…."

둘은 악수를 하는 동안 눈물방울이 손등에 떨어졌다. 두(친구) 몸에 들어 있는 한 영혼에서 흘러나오는 눈물방울이었다.

"월남에서도 살아왔는데, 미국 가서, 뭘 못 하겠니? 잘 가라. 나도 때가 되면 미국에 가서 만나자!"

석호는 생각지도 않은 약속을 하고 말았다.

미국에서 만나자고, 충청도 촌놈이 감히 미국을 간다? 스스로도 말이 안 된다고 생각했다.

미국과 한국. 종이 한 장 차이로 그들의 운명을 바꿔 놓았다. 잘사는 나라, 못사는 나라 앞에서 복권을 한 장 사 들고 긁어 보는 운명처럼, 종이 한 장 사이였다.

13. LA로 가다. 마지막 소식 후 두절된 친구

본과 4학년 2학기, 한창 바쁘게 공부하는 석호는 멀리 태평양 너머 로스앤젤레스에서 온 편지를 보고 크게 놀랐다.

"아니? 현철이 아냐? 근데, 왜 로스앤젤레스에서 왔지?"

봉투를 본 석호는 깜짝 놀랐다. 분명 친구, 현철이 보낸 편지였다. 오하이오에서 학교에 다닐 것으로 알고 있었는데 엉뚱하게 로스앤젤레스에서 온 편지였기 때문이었다.

> 석호야! 나, 현철이가 소식 전한다. 앞으로는 자주 전하지 못할 것 같으니 이 편지를 잘 참조하기 바란다.
>
> 너와 작별한 다음다음 날, 친구 밀리간이 보내준 비행기표, 노스웨스트로 동경에 도착했다. 이왕 한국을 떠나 미국으로 가는 도중 '일본이란 나라는 어떤 나라인가?' 몸소 느껴보려고 굳이 일본에 들렀다가 다음다음 날, 하와이공항에서 입국 수속을 한 후 샌프란시스코로 오니 녹초가 되었다. 게다가 비행기 시간이 맞지 않아 새벽에 공항에서 새우잠을 자고 이른 아침에 미 대륙을 가로질러 필라델피아공항에 도착했다. 왜 하필이면 오하이오 근처가 아닌 펜실바니아인지… 알고 보니 빙 돌아 오는 표는 값이 싸기 때문이었어.
>
> 놀랍게도 밀리간은 꽤 오래된 쉐비 임팔라를 타고 오하

이오에서 여기까지 마중 나왔다는데 무려 10시간을 운전해서 왔다는구먼. 수속을 마치고 다시 오하이오로 10시간 걸려 운전해 갔네. 미국은 엄청난 대륙의 나라이다. 손수 만들어 온 샌드위치와 소시지, 음료수를 마시며 엄청난 거리를 운전을 하였는데 나는 너무나 졸려 눈이 감기고 정신이 혼미했다.

마침내 도착한 밀리간의 집은 크리스챤스버그라는 작은 시골 동네(Village)로 인구가 고작 560명이라고 하는데… 그런데도 주유소, 우체국, 경찰서 등이 있는데 대부분 오래되어 유령이라도 나올 것 같은 건물이다.

밀리간의 집은 작은 자동차 정비소로 제법 바쁘게 보였다. 밀리간이 오하이오 대학에서 전기공학을 전공하려는 이유를 알 것 같았다. 이 작은 시골 마을에도 교회가 있으며, 놀랍게도 이 교회를 통해 한국전쟁, 월남전쟁에 참전한 군인들이 있었다. 이들은 한국, 베트남이 어디에 있으며 어떤 나라인지 잘 모르는 것 같았다.

밀리간의 부모와 식구들은 나를 극진히 대접을 하면서 동양에서 온 나를 신기하게 보는 눈치였어. 그들이 사는 것을 보니 그리 넉넉하지 않아 보였는데 나에게 비행기표를 보내 주다니… 눈물겨웠다. 아무리 생각을 해도 여기서 어떻게 공부를 해야 할지 막연했어.

4주간을 눈칫밥 먹으며 보내다 보니 내가 어떻게 될지 예측을 하기가 힘들고 그들이 아무리 친절해도 내가 더 이상 밀리간의 짐이 될 수가 없다고 생각했어.

　그들은 정말 인간적이며 친절하다. 미국의 위대함을 실감한다. 그러나 그들은 자립을 원한다. 나도 돈을 벌어 같이 도우며 살든지 아니면 따로 독립해야 할 것 같다.

　아무래도 한국 사람들이 많다고 하는 로스앤젤레스로 가서 새로 시작을 해야 할 것 같았어. 한가로이 미국 구경을 하고 지낼 수는 없다고 생각해 과감히 로스앤젤레스로 왔다네. 다행히 한인교회에 찾아 갔더니 친절하게 내가 살아갈 길을 알려주었다. 우선 한국 사람 집에 하숙을 정해 놓고 무조건 목사님이 언뜻 알려 주는 공장에 찾아갔다. 몰딩회사(Molding Co)로 내가 미국에 오기 전에 다행히 서울에 있는 친척집에서 이런 계통의 일을 했던 것이 큰 도움이 됐다네. 시간당 1불 50전, 하루 8시간 그리고 과외 일도 가능하다. 대부분이 멕시코, 한인, 아시아 사람들이 노동자로 일한다.

　젊은 나이에 대학을 다니다 온 나를 알아본 사장은 나에게 특별한 일을 맡기기도 했다. 당연히 보수도 조금 더 받는다. 먹고 살기에 넉넉하고 등록금도 모으게 된다. 내년에는 로스앤젤레스 다운타운에 있는 4년제 대학에 입학해 회계학을 전공하려고 한다.

친구, 현철.

편지를 읽은 석호는 눈시울이 뜨거워졌다. 분명 그는 고전 중에 있는 것이 틀림없었다. 로스앤젤레스로 가서 그런대로 먹고 자고 직장도 갖게 됐다니 안심이 됐다. 게다가 내년에는 대학에 입학한다고 하니 마음이 놓였다.

즉시 답장을 쓰기 시작했다.

> 반갑다. 현철아! 다행히 직장도 구하고 숙소도 구했다니. 그리고 학교에도 등록할 수 있다고 하니 잘됐다.
> 나는 내년에 졸업하고 군의관에 입대해 3년을 보내고 나도 미국에 갈려고 한다.
> 네가 지나갔던 동경, 하와이, 샌프란시스코, 필라델피아, 오하이오 크리스찬스버그 그리고 로스앤젤레스를 잊지 않겠다. 네가 지나간 도시에 나도 잠시 들러보련다.
> 몸 건강하고 자주 소식 좀 보내 주렴.
>
> 　　　　　　　　　　　　　　　　　　친구, 석호.

1968년 12월, 1969년 1월 그리고 2월은 석호에게는 가장 바쁜 날들이었다. 한국의사국가고시(KMA), 미국의사자격고시(ECFMG), 졸업시험 그리고 졸업, 그 후 군 입대라는 순서가 몹시 바빴다.

2월 초 석호가 보낸 편지가 그에게 엉뚱하게 반송돼 왔다.

"주소 불명"이라고 이유를 밝혔다.

"뭐라고 주소 불명?"

그렇다면 현철이 보낸 편지의 주소는 가짜였다는 말이다.

다시 보니, 로스앤제레스에 있는 Molding 회사 그리고 4년제 대학 그리고 교회라고 쓰여 있었고, 분명 271 웨스턴 애비뉴(Western Ave. LA 90007)였으나 가짜 번호였나 보다.

"뭔가 숨기는 일이 있나 보군."

불안했다. 불길했다. 그 후 석호는 현철의 소식을 받지 못했다. 석호의 일정도 바쁘기는 마찬가지였다. 졸업시험, 한국의사국가고사, 미국의사국가고사(ECFMG) 준비로 눈코 뜰 새가 없었다.

마침내 2월 25일, 석호는 의과대학을 졸업하고 대망의 의사가 되었다. 히포크라테스의 선서를 한 후 흰 가운을 입고 정식으로 인간의 생명을 다루는 의사가 되었을 때 석호의 부모도 몹시 행복했다. 부모님 외에 축하하러 찾아온 사람은 없었다.

졸업식 후, 중국집에서 자장면을 먹으면서 석호는 비장의 선언을 부모에게 했다.

"아버지! 저 군대 갔다가 미국에 공부하러 갑니다."

"미국이라? 네가?"

아버지는 미국이란 말에 기가 질렸다. 그럼에도 불구하고 아버지는 그 후 만나는 사람마다, "우리 아들은 미국에 간다."라고 자랑을 했다.

마침내 3월 초, 대구 군의학교에 입대해 고된 10주간의 군사훈련을 받았다. 결코 쉽지는 않았다. 연병장을 돌고 논밭을 기어 다니고, 높은 나무 위로 올라가기도 했다. 모처럼 맞아본, 빠따(Bat)가 엉덩이를 후끈 달구었다.

10주 훈련 동안에 아무도 면회를 오지 않았으며 위문편지 한 장도 없었다. 그럴 줄 알았으면 은영이라도 친해 둘 걸, 하는 후회가 있었다. 생각해 보니, 현철이 신병훈련을 받을 때 한 번도 찾아가지 않았던 것이 크게 후회되었다. 얼마나 서운했었을까. 마치 버림받았다고 생각했을 것 같았다.

　　석호는 10주 훈련 후, 중위 계급장을 달고 청주 고향집에 들렀다.
　　"오냐, 자랑스럽구나!"
　　아버지는 이 말밖에 하지 않았지만 그의 입은 하마 입처럼 크게 벌어져 있었다.

　　부대 배치가 되었다. 예상했던 대로, 석호는 4년 전, 현철이 이등병 계급장을 달고 갔던 강원도 인제 사단의 의무지대장이 되었다. 4년 전에 휴전선 이북에서 똑같은 고성능 확성기에서 흘러나오던 위대한 수령, 김일성 선전이 글자 하나 틀리지 않고 흘러나왔다.
　　"저놈의 수령은 죽지도 않나. 골 때리고 앉았네."
　　석호는 허공에 대고 화풀이를 했다. 지대장이라고 준 38구경 권총을 들고나와 공중에 대고 한 방 쏘았다.
　　"군의관님! 조심하세요. 사단장님이 알면 큰일 납니다."
　　"사단장이?"
　　"안전사고라고 합니다. 조심하셔야 합니다."
　　나이 많은 선임하사가 철모르는 아이를 타일러 주듯이 말해주었다.

그뿐만 아니라 인제 산골에서 잡은 펄펄 뛰는 미꾸라지로 만든 추어탕은 계속되어 내려온 전통이 된 셈이었다. 추어탕 속에서 현철의 구수한 냄새가 나오는 듯했다. 아침 늦게 해 뜨고 저녁 일찍 해 지는 산골에서 석호는 3년을 보내야 한다니, 여기서 인생을 속절없이 보냈던 현철의 얼굴이 찌그러진 달처럼 떠오른다.

현철의 숨소리가 들리는 듯했으며 그의 체취를 느끼는 듯했다.

"짜식, 지금은 어디가 있는 거여? 편지도 하나 없이…."

14. 잃어버린 10년

다음 해 1970년 6월, 석호는 경기도 대광리 육군부대 군의관으로 전속되었다. 외로움에서 오는 스트레스를 풀기 위해 부대 앞, 막걸릿집에서 무던히 마셔댔다. 친구도 없고 돈도 없고, 책도 읽기 싫다 보니 자연 싸구려 막걸릿집을 찾게 마련이었다. 알고 보니 현철에 대한 그리움이었다.

"쌔끼, 미국 가더니 정말 소식 없네. 이거 뭐 잘못된 게 아녀? 영등포 어디에 이모가 있다는데 한번 찾아보마."

그러나 일은 그렇게 쉽지 않았다. 세상만사가 그의 마음속에서 거꾸로 도는 풍차와 같았다.

다음 해(1971년 6월)에는 대위로 진급되면서, 원주 1군사령부, 의무참모로 발령을 받아 군 병원에서 일하면서 미국 가는 수속을 밟기 시작했다. 수속을 밟는 과정이 만만치 않았다. 미국 가는 길은 마치 천로역정을 따라가는 길 같았다. 되는 일이 없어 자칫하다가는 한국에

도로 주저앉아야 할 것 같았다.

그러나 하늘이 도왔는지(天佑神助) 제대 6개월 전, 뜻밖의 일이 생겼다. 연세 캠퍼스에서 만났던 아가씨, 잊혀졌던 은영이가 어떻게 된 셈인지 그를 보자고 연락이 왔다. 원주 시내 제과점에서 만난 은영은 하늘에 나는 새도 떨어뜨린다는 현직 검사와 결혼했다고 했다.

"와! 검사 영감?"

석호는 순간 해삼처럼 위축이 되어 쪼그라들었다.

그러자 그녀는 "현철 씨는 어찌 됐나요?"라고 은근히 물었다.

"아! 현철이는 맹호부대에서 제대하고, 지금 미국에서 공부하고 있답니다."

"아! 잘됐네요! 미국 어디에서죠?"

"은영 씨, 그런 것은… 그냥 모르는 게 피차 좋을 겁니다. 어차피, 우리 인생은 손오공 손바닥에서 뛰노는 꼴이니까요."

"…"

은영은 무안해서인지 말이 없었다.

"현철이, 걔는 제 앞길을 잘 닦습니다. 걱정 마시기 바랍니다."

"그렇다면, 석호 씨는 제대하고 어떻게 하실는지요? 미국 가세요?"

그녀의 질문이 갑자기 바뀌었으며 아주 은근했다.

"예, 내년, 아마 6월달에 미국에 가게 될 것 같습니다. 수속 중이니까요."

"수속 잘 되세요? 어느 병원에 가게 되나요?"

"아직, 매칭(matching)³⁾이 안 돼, 저도 조금 걱정을 하고 있습니다."
석호는 말을 낮추었다.

"혹시, 석호 씨! 애인 있으세요?"

"없는데요? 그럴 줄 알았더라면 은영 씨를 쫓아다녔어야 했는데…."

"그러니까, 절 좀 따라다니시지 왜 그렇게 쭈빗쭈빗거렸죠?"

"등록금도 마련 못 하는 주제에, 언감생심 아닌가요? 아예 포기하는 게 좋았었죠."

"그러면 지금은요? 의사가 됐고, 곧 제대를 하면 미국 가는데, 결혼도 해야잖아요?"

"그렇긴 하지만, 나 같은 놈 누가…."

"그래요? 석호 씨가 어때서?"

"제 걱정 마시고요. 저는 그냥 그렇게 살아갈 것입니다."

"그렇다면, 제 친구의 사촌 여동생을 한번 만나 보시면 어떨까요?"

"나더러요?"

"예. 뉴욕에서 전문의 수련 중, 잠시 귀국했는데…."

"전문의 수련을?"

"브르클린 메소디스트(Brooklyn Methodist)병원이라는데, 이번에 돌아가면 방사선과 전공을 계속하게 된답니다."

"와! 저 같은 촌놈이 어떻게…."

석호는 쭈뼛대며 움츠렸다.

---

3) 매칭은 미국 병원들에 원서를 내면 그곳에서 한 군데를 연결해 주는 제도

"밑져야 본전이지요, 처녀 의사로 미국에서 혼자 사는 것이 무척 힘들답니다. 더욱이 진실한 사람 만나기가 힘들다고 해서, 이번에 귀국했는데, 석호 씨와 현철 씨, 모두 순수하시고 사실 믿음이 가기에, 두 분 중 한 분을 소개하려고….."

"은영 씨, 저는….."

"석호 씨는 참 좋은 분이십니다. 그리고 같은 의사시니, 한번 만나 보세요."

"예, 한번….."

결국 석호에게는 적당한 시기에 좋은 사람을 소개받은 듯했다.

일주일 후-

"이은숙입니다. 뉴욕 브르클린 메소디스트병원에서 인턴을 마치고 방사선과를 전공하려고 합니다."라고 말하는 여의사도 사실 급하기는 마찬가지였다.

처녀 의사로 미국에 가서 제대로 된 남편감을 만나기가 힘들었기에 귀국해 남편감으로 특별히 미국 가는 의사를 찾고 있었다. 서로 통성명하고 보니 궁합이 맞는 듯했다. 며칠간 데이트를 해보니 그녀는 하늘에서 내려온 천사로 석호에게는 복이 넝쿨째 굴러온 셈이었다.

이은숙 여의사는 석호보다 한 학년 아래로 성적도 좋고 집안도 좋았다.

알고 보니, 별로 소통이 적었던 사촌 언니의 친구 되는 은영이 생각지도 않은 일로 전화를 은숙에게 걸어왔다고 했다. 통화 중에 은숙은 은영에게 좋은 남편감을 찾아 미국에서 일부러 나왔다고 솔직하게 말했다. 은영은 듣자마자 순수하고 탐욕도 없는 현철 그리고 그의 친구, 석호를 떠올리며 옛날얘기를 들려주었다.

등록금을 마련하려고 이리저리 뛰어다니던 모습을 보며 처음에는 불쌍하다고 생각했으나 점차, 그들의 순박함과 자립정신이 매력이었다고 은숙에게 설명했다.

다시 만나, 데이트를 하고 싶었으나 그들은 시간이 없다고, 일절 응하지 않았다고 했다. 결국 은영은 검사 남편을 만나 결혼을 했지만 첫사랑이랄까, 첫 데이트였던 현철과 석호가 그녀의 기억에서 지워지지 않았다.

'순박하고 티 없는 사내들이었는데…'

그녀는 늘 그들을 마음속에 품고 있었다고 했다. 그러던 차에 친구의 사촌 동생, 은숙의 사정을 듣고 주저하지 않고 현철이나 석호를 소개하면 좋을 거라는 확신을 갖고 기회를 만들었다. 결국 석호를 소개하게 되었다. 이 제안을 들은 은숙도 쾌히 승락했다고 했다.

"뉴욕에 가면 석호 씨를 위해 인턴 자리를 구해 놓겠습니다."

이은숙 여의사가 힘주어 말했다.

"그렇게 해주신다면, 감사합니다."

석호는 머리 숙여 인사를 했다. 사실 한국에서 미국에 있는 병원과 연락해 인턴 자리를 구하는 것이 여간 힘들지 않았기 때문이었다.

"걱정 마시고요. 그 대신 저와 약속하시는 거지요?"

그녀는 머뭇거리며 마지막에 그 대신이라는 말에 약속이라는 단어를 아주 묘한 조건으로 붙였다.

"아- 알겠습니다. 예."

석호는 "예."로 대답했다. 공짜로 되는 것은 없고, 상호 이익이 있어야 하는 것은 정한 이치였다. 그 대신이란 말은 엄청난 약속, 그들의 장래를 약속하는 상호 이익이었다.

석호를 만난 은숙도 꾸밈없는 석호를 통해 그녀의 미래를 점치게 되었다. 앞날을 약속한 셈이었다.

1972년 6월,

마침내 석호는 뉴욕 브르클린 메소디스트병원에서 인턴 자리를 구했다. 엄밀히 말하면 이은숙 여의사가 자리를 만들어 준 셈이었다. 흑인들이 많이 사는 지역으로 다소 위험하다고 하는 정보를 얻었지만 어쩔 수 없었다.

작년에 만나 그 후 연인이 된 이은숙 여의사의 배려로 구한 자리이기에 더욱 고마웠다.

석호는 당당하게 KAL 여객기를 타고 동경에 내려 하루를 체류하며 일본의 한 부분을 알아보게 됐다. 현철의 편지에서도 그가 동경에서 체류한 것이 떠올랐기 때문이었다. "나도 일본에 가보자!"라는 배짱이었다. 연이어 그는 LA를 거쳐 뉴욕으로 향했다.

"LA에 녀석이 있을 텐데…."

LA는 단지 경유지이기 때문에 내릴 수가 없었다. 뉴욕, 케네디공항에서 석호는 마중 나온 이은숙 여의사를 만나게 되었다. 그들은 보자마자 가슴에 품었다. 마치 숙명적인 것처럼 자연스러웠다.

어느새 그들은 한마음이 되어 있었다. 인턴으로 시작한 메소디스트병원에서 그들은 자연스레 한식구가 되었다. 그리고 1년 후 결혼을 하였다. 석호는 외과 1년차, 이은숙은 방사선과 2년차였다.

순조롭게 인턴을 마친 후, 브르클린 메소디스트에서 일반외과 1년차 수련을 시작했다. 아내 은숙은 2년차 수련의가 되었다. 모든 것이 순조롭게 진행되고 있었다.

그런데 석호는 외과 2년차 진급에서 탈락하고 말았다. 반면 은숙은 마지막 1년을 남겨 놓았다. (주: 미국에서 내과와 외과 수련의 과정은 마치 오징어 게임과 비슷하다. 한 학년 진급할 때마다 1/4에 해당하는 동기생은 도태되어 나가야 했다.)

외과 수련은 4년 과정인데, 중간에 오징어 게임에서처럼, 탈락하고 보니 앞날이 암담했다. 막막한 심정으로 그는 비교적 하기 쉬운 마취과에서 2년간 수련을 하였다. 물론 아내가 근무하는 뉴욕과 뉴저지에서였다. 그러나 그는 외과 의사가 꿈이었다. 마취과는 아니었다.

같이 미국에 온 친구들은 이제 외과 과정을 끝마치게 된 판국에 그는 외과 2년차 수련을 위해 전 미국을 찾아 원서를 내고 있었다. 남들 보기에도 부끄러웠다. 무엇보다도 아내, 은숙에게 미안하고 창피했다. 그런 판국에 친구 현철의 소재를 찾아볼 염두도 없었고 설령 찾은들 아무런 도움도 되질 않았다.

한때, 석호 그는 자살을 생각해 봤다.

"이대로 가면 나는 죽은 시체나 다름없다. 차라리 진짜 시체가 되는 편이 낫겠지, 내 꿈과 목적은 외과 의사인데…"

그런 판국에 그는 귀한 아들을 갖게 됐다.

"당신, 걱정 마시고 마음껏 수련 공부하세요. 나는 집에서 애 키우면서 당신을 도울 테니…."

아내 은숙의 말에 석호는 눈시울을 적시고 말았음은 적지에서 제갈량을 만난 기분이었기 때문이었다.

"어디서든지 외과 수련 자리를 반드시 구할 테니… 조금만 참아 줘요."

석호에게는 뉴욕이 싫었다. 어서 떠나고 싶었다. 어디로든지 가고 싶었다. '하늘이 무너져도 솟아날 구멍은 있다.'라고 했듯이 그에게도 구멍이 있었다. 1976년 7월부터 그는 오하이오 데이톤병원에서 외과 2년차 수련을 계속하게 되었다. 마침, 일본계 미국인 과장이 석호에게 기회를 주었기 때문이었다.

데이톤에서 그는 외과 수련의사로 재기하게 되었다. 데이톤은 비행기를 처음 만든 라이트 형제의 고장으로 라이트 패터슨 공군 기지가 있으며, 그 인근에 국제결혼 해 온 한국 여성과 가족이 꽤 있었다. 데이톤은 석호에게 활력을 불어넣어 준 도시였다.

특별히 미국 국민 시인, 흑인 던발(Dunval)을 알게 된 것은 그에게 소설가가 되게 해준 원동력이었다.

"노예 출신, 흑인 던발도 시를 써 국민 시인이 됐는데, 나라고 못할 이유가 없지…."

석호는 언젠가 소설을 창작하려고 마음에 다짐했다.

데이톤병원은 그에게 구세주 같은 병원이었다. 분위기도 좋고 그를 뽑아준 디렉터도 좋았다. 이곳에서 3년을 마치면 그는 미국 외과 전문의사가 되는 셈이다.

다음 해, 3년차 수련의 과정을 하면서 기적 같은 만남이 있었다. 맹장 수술로 입원한 어느 환자의 주소를 보니 크리스찬스버그였다. 순간 떠오르는 기억, Christiansburg라면? 언젠가 현철이 말한 것이 기억에서 튀어나왔다. 알고 보니 크리스찬스버그는 데이톤 동북, 약 20마일에 있었다.

아니? 겨우 20마일 북쪽에 있는 작은 마을을 몰랐다니….
'크리스찬스버그! 크리스찬스버그!, 네가 바로 옆에 있다니.'
석호는 갑자기 친구 현철을 만나는 기분이었다.

며칠 후 주말, 그는 크리스찬스버그를 방문했다. 오래된 타운으로 인구 약 600명, 집성촌이라고 봐도 좋았다. 우선 눈에 띄는 카페가 있었다. 머리가 흰 노인이 커피를 내리고 있었다. 얼핏 보니 샌드위치, 옥수수, 머핀, 계란부침, 햄과 소시지가 눈에 띄었다.

"밀리간이란 청년을 찾고 있습니다. 혹시 아시나요?"
"아! 여긴 밀리간 집성촌이오. 자세히 설명을 해보시지요?"
"월남전에 갔다 와서 지금은 아마 대학생이 됐을 겁니다."
"아- 리차드! 저 앞에 보이는 자동차 정비소가 그의 집입니다."

정비소를 찾아가 보니 기름 냄새가 나는 타올을 들고 서 있는 어느 노인이 현철을 맞았다.

"어, 리차드? 지금 콜럼버스에서 대학에 다니고 있답니다. 그런데 댁은 뉘시지요?"

월남전에서 만났던 손현철의 친구로 데이톤병원에서 외과 수련을 받고 있다고 하니 깜짝 놀란다.

"와- 반갑습니다. 기억이 납니다. 손(Son)이 우리 집에서 약 1개월 살다가 어딘가로 갔지요. 공부하러…."

"감사합니다. 친구를 도와주셔서…."

석호는 노인에게 고개 숙여 감사를 표했다.

순간 머리를 깊이 숙여 감사를 표하는 또 한 사람, 현철의 모습이 눈에 선했다.

다음 주, 연락이 돼 콜럼버스, OSU(오하이오 주립대학, 콜럼버스 소재) 캠퍼스에서 밀리간을 만났다.

멋진 사나이였다. 군 복무 5년 후 장학금을 받아 대학에 진학했노라. 부모로부터 도움을 받지 않고 자립하는 것이 미국 청년들의 생각이었다.

"손? LA에 간 이후, 소식이 끊겼습니다. 혹시 알게 되면, 여기 리차드에게도 알려 주시지요! 언제 한번 만나렵니다."

밀리간은 군 복무에서 받은 월급에서 비행기표를 구입했었는데 그에게는 엄청난 금액이었다. 그럼에도 불구하고 그는 현철을 도운 것이 행복했다고 고백했다.

밀리간을 만난 후 석호는 라이트-패터슨(Wrights-Patterson) 공군기지를 자주 찾아갔다. 그 주위에 살고 있는 한국인 여성들을 돕고자 해서였다. 소위, 미군기지촌 주위에서 몸을 팔던 여성들 그리고 국제결혼 한 후 미국으로 와 은근히 학대받고 있는 한국 여성들을 돕기 위해

서였다.

오하이오 데이톤은 석호의 마음속에 '남을 돕는 슈바이처의 마음'을 이식시켜준 계기가 됐다.

15. 잃어버린 건강과 받은 긍휼

호사다마라고 했다. 외과 전문의사의 수련은 고단하다 못해 혹사당하는 노동이었다. 게다가 스트레스가 심했다. 매년 수련의로 진급하는 과정은 힘에 겨운 피라미드 시스템이라고 했다.

예를 들어, 일년차 수련의가 10명이면 2년차는 8명, 3년차는 6명 4년차는 4명이 된다.(주: 오징어 게임과 비슷한 피라미달 시스템이라고 한다.)

결국 50%는 도태돼 물러나야 한다.

"너 죽고 나 살기이다."

석호는 이미 1년차에서 겪었다. 그러기에 죽기 살기로 투쟁한다. 일본인 미국인 3세, 외과과장이 석호를 좋게 평가해준 덕분으로 오징어 게임에서 살아나 마침내 4년차 수련의가 됐다.

"아, 이젠 성공했다. 드디어, 휴!"

석호는 큰 한숨을 내쉬고 잠을 잤다.

남편의 수련을 위해 3년간을 참아준 아내(은숙)가 고마웠다.

'이젠, LA에 가서 현철을 찾아야 한다.'

석호는 다짐했다.

외과 수련의과정을 마치기 4개월 전

석호는 심한 피로와 무기력증에 빠졌다. 가끔 코피도 나고 식욕도 저하되어 건강진단을 받았다.

"닥터. 강! 당신은 지금 중증의 간염 B형 환자군요. 절대적인 안정이 필요합니다. 약 2달 정도는…."

"뭐라고요, 2달?"

며칠 전에 병원에서 검사를 받은 결과는 참담했다. 병원을 쉬어야 한다고 하니 문제가 커졌다. 지금 쉬게 되면 4년차 수련의를 포기해야 한다. 그리고 지금까지 쌓아 온 경력이 와르르 무너진다. 등록금이 없어 월남에 간 것보다 더 심각하다. 석호는 이제 높은 절벽에서 뒤를 보지 말고 앞으로 뛰어내려야 하는 판국이었다. 또 한 차례, 절망에 빠진 셈이었다.

"아! 하나님, 도와주세요. 또 한 번…."

그는 매일 같이 기도에 힘썼다.

그러나 석호를 도와준 은인은 따로 있었다. 역시 일본계 미국인 외과 과장의 특별한 선처였다. 과장은 석호에게 이렇게 지시했는데 누가 보아도 파격적인 지시였다.

- 당직도 면제, 외래 환자 진료도 면제를 해 줄 터이니 병원에 반드시 출근을 하되, 도서관과 양호실에서 휴식을 취하라고 했다. 하늘이 내려준 은택이었다. (주: 의사 수련 과정에서 긍휼(Mercy, Compassion)을 받은 것과 같다.)

뿐만 아니라 석호는 아내의 도움을 많이 받았다. 이것은 긍휼 이상의 사랑이었다.

"집 걱정은 말고 건강 회복해야지요."

아내는 성경 잠언에서 말하는 현숙한 여인 그대로였다.

아내는 석호의 수련 과정을 위해 3년간 의사 일을 쉬고 가정 일에 매달렸기에 의사로서의 공백을 갖게 되었다. 그러나 그 사이에 두 아들을 가졌으니 행복의 꽃바구니를 갖게 되었다.

아내와 과장 덕분에 간염 증세는 점점 좋아지고 있었다. 간염 수치가 현저히 좋아졌다. 어쨌든 6월 30일이면 수련은 끝나게 되니 조금만 참아야 했다.

"닥터. 강, 쉬는 동안에 전문의 시험공부를 조금씩 하게나."

과장님이 특별히 그에게 부탁을 했을 때 그는 감격하여 눈물을 흘리고 말았다.

"세상에! 이런 혜택이 어디 있을까! 과장님, 고맙습니다."

그는 머리를 조아리며 과장의 큰 마음을 생각해 보았다. 일본인 2세 외과 과장은 석호에게는 구세주요, 평생 은인이었다. 궁휼이 무엇인가를 몸소 가르쳐 준 은인이었다. 베풀어준 은혜를 수용을 하면 감사하는 마음이 생기며 그로 인해 존경심이 생긴다는 진리를 알게 해 주었다.

"불쌍한 사람을 도와주는 것이 의사가 할 일이다."

석호는 일본인 과장의 이 한마디를 평생 마음 한가운데 상록수 나무처럼 심고 물을 주었다.

5월 어느 날, 병원 도서관에서 신문을 뒤적이다 문득 석호는 한국 신문을 발견하였다.

'아니 한국 신문이, 여기에 있네? 아니 한글이?'

오하이오에서는 보기 힘든 한글로 써진 한국 신문이었다. 폴란드

망명객이 뉴욕에서 폴란드 말로 쓰여진 신문을 붙들고 울었다는 소설, 등대지기 노인의 눈물이 생각났다. 사정없이 이것저것 뒤적거리다 그의 눈에 확 비치는 광고가 한 귀퉁이에 있었다.

'LA 자동차-대표, 손현철, 전화 213-887-4213'
'손.현.철. 현철이?'
석호는 신문을 잽싸게 추려 사서가 보는 앞에서 신문광고를 가위로 스크랩을 했다.
"닥터.강! 뭘 하는 거요?"
갈색 안경을 코에 걸친 사서가 석호에게 항의를 하였다.
"10년 전에 헤어진 친구를 찾았습니다. 미세스 머레이(Murray)!"
석호는 당당하게 신문광고를 보여주었다.
"친구를?"
그녀는 놀라면서 그의 돌발적인 행동을 묵인해 주었다. 석호는 사서 앞에 놓인 전화를 들어 지체 없이 다이알을 힘차게 돌렸다. 10년 묵은 세월이 산처럼 무겁게 앞으로 전진하는 듯했다.
"LA 자동차입니다."
젊은 아가씨의 온화하나 강한 톤이 들어간 목소리였다.
"대표님 좀 부탁합니다. 대표님을!"
"대표님은 지금 바쁘십니다. 제가 도와드릴까요?"
"응급이요, 응급!"
"응급? 그럼, 잠시만…."
그를 기다리는 동안 전화 속에서 울려 나오는 영어 노래가 몹시

지루했다. 어서 현철의 목소리를 바라는 마음뿐이었다. 머레이 사서는 엉뚱한 행동에 아무 말도 못하고 그를 물끄러미 쳐다보고만 있었다.

"손 대표입니다."

분명 현철의 목소리, 한국말이었다. 무려 10년 만에 들어보는 목소리였다.

"야! 현철아! 나야 나, 석호!"

"석호? 석호? 어디여, 어디!"

"여긴 오하이오여, 오하이오!"

이어서 봇물처럼 쏟아지는 대화는 10년 동안 막혀있던 하수도가 삽시간에 뚫리는 기분이었다. 석호가 그렇게도 찾았던 현철은 LA 한인타운에서 한국 사람들과 미국 사람들을 상대로 자동차 중개업을 성공리에 하고 있었음을 알게 됐다.

"현철아! 6월 말에 수련의사 끝난다. 아예 네 곁으로 이사를 가마. LA에 가서 너와 같이 살기로 하자!"

"그래, 어서 오라. 나도 널 위해 준비하마!"

간염 환자로 6월말까지 도서관에서, 양호실에서 요양을 해야 하는 무기력한 석호에게 그는 석호를 향해 불빛을 내뿜는 등대와 같았다. 어디로 가야 할지 방향을 몰라 망망대해에서 표류하던 작은 배의 선장에게 나침판을 던져준 느낌이었다.

10여 년 만에 현철을 찾고 보니 새 힘이 가슴 깊숙이에서 솟아나고 있었다.

그날 저녁, 서둘러 퇴근한 석호는 아내에게 보고를 하였다.

"여보, 오늘 현철의 소재를 알게 됐어."

"그래요? 어디에 있던가요?"

"LA 한인타운에…"

"당신, 드디어 날개를 다시 달았군요!"

그날 이후, 석호는 그가 앓고 있는 B형간염에서 점점 벗어나 정상인으로 향하는 듯했다. 친구를 만나면서 몸속에 면역 항체가 팍팍 소리를 내며 생기고 있었다. 아니 도파민도 넘쳐 나고 있었다. 등댓불 너머로 우람한 아침 태양이 떠오르고 있었다.

16. 인간 용광로, LA에서 다시 만나다

'아무리 친한 친구라도 본인이 힘든 상황이 되면 서로 알리지 않는다.'라고 누군가 말했듯이 석호와 현철은 미국으로 온 그날부터 알리지도 찾지도 않는 그 꼴이 되고 말았다.

굳이 내가 어디에 있다, 무엇을 한다, 라고 말하고 싶지 않았다. 초라했기 때문이었다. 실패자였기 때문이었다. 아무리 그래도 지구상에서 살아 생존하면 언젠가는 만나게 된다는 마음은 있었다.

1979년 5월 석호는 현철의 소재를 알게 되자, 무조건 LA로 이사 갈 준비를 시작했다. 6월 30일, 오하이오에서의 외과 수련을 공식적으로 마치자 석호는 아내와 두 아들을 자동차에 태우고 서부 캘리포니아를 향해 달려갔다. 지루하고 힘들었던 10년의 세월에서 어서 빨리 해방되고 싶어서였다.

생각해 보니 졸업-의사-군대-뉴욕-오하이오 그리고 캘리포니아로 오는 길, 즉 미국을 동부에서 시작해 서부로 횡단한 기분이었다.

오하이오를 떠나 아리조나를 지나면서 잠시 그랜드캐년에 들렀다. 광대한 그랜드 캐년을 바라보며 석호는 문득 느끼는 영감이 있었다. 감사의 영감이었다.

충청도 촌놈에게 의사의 길을 주시고 현숙한 아내도 주시고, 두 아들을 주신 창조주 하나님이 내려준 은혜(Grace)를 깨닫게 해준 영감이었다.

7월 3일, 독립기념일 바로 전날, 석호는 현철을 LA 다운타운, KAL 호텔 로비에서 만나게 되었다.

"야- 현철아, 얼마 만이냐? 10년이로구나… 10년… 넌 어디에 있었니? 설마, 너, 날 잊은 것은 아니었지?"

"그럴 리가 있나… 친구란 두 몸이 하나의 영혼을 갖고 있는 거라고 했잖아!"

"현철아! 사실 나도 너를 찾을 만큼 여유롭지 못했어. 낙제도 하고 병도 걸리고, 나, 내 구실을 제대로 못했어, 미안해."

"나도 그랬어. 나, 너를 찾을 수가 없었어…."

사실이 그러했다. 둘의 인생은 마치 야곱의 일생처럼 실패요 쫓기는 삶이었다.

패잔병처럼 무시당하며 살아온 미국 생활에서 얼굴 들고 "나, 여기 있어."라고 목소리를 높일 처지가 아니었기 때문이었다.

오징어 게임에서 비참하게 총에 맞아 쓰러졌던 패잔병들이었기 때문이었다. 그래도 불사조처럼 땅을 딛고 다시 일어날 작은 용기가 있었다.

파란만장의 세월

현철은 오하이오 크리스찬스버그를 떠나 LA로 오자, 어디서부터 시작을 해야 할지 막막했다. 우선 급한 대로 교회 목사님을 만나 그를 통해 몰딩(Molding CO)회사에 취직해 시간당 1불 50전을 받게 되었다.

우선 먹고 잘 곳이 생기고 보니 정신을 차리고 미래를 설계해 보게 되었다. 영리하고 눈치 빠른 현철은 멕시칸 사장의 눈에 들어 수퍼바이저가 되었다.

여기까지는 그런대로 좋았기에 석호에게 편지를 보냈으나, 주소는 제대로 쓰질 않아 답장 편지가 돌아오지 못하게 했다.

막상 미국에 왔지만 학교에 다닐 만큼 여유가 있는 것은 아니었다. 차라리 연세에 복학했더라면 지금쯤 졸업을 하고 어엿한 직장을 갖게 되지 않았을까. 그런데 여기 LA에서 고등학교나 졸업해도 얼마든지 할 수 있는 단순 노동직에서 어느새 1년을 보냈다. '아, 내가 고작 공장에서 막노동을 하는 공돌이가 되다니!'라고 생각하니 허무했기 때문이었다.

직장은 그런대로 현철에게 큰 도움을 주었다. 우선 영주권이 없으니 이것부터 해결해야 했다. 변호사를 만나다 보니 돈도 들었다. 이러다가 추방이라도 된다면 모든 게 허사였다.

"뒤를 봐 줄 테니 대학에 등록하라! 4년제 대학, 우드베리 대학(Woodbury)이 바로 LA 다운타운에 있으니…."

뜻밖에 사장님이 이렇게 말을 하니 눈물이 왈칵 쏟아졌다.

"사장님! 사장님! 감사합니다."

마침내 현철은 1970년 가을, 4년제 별 볼품 없는 우드베리대학에 입학했다. 학부(Undergraduate)는 쉽지 않았다. 영어가 되질 않았기에 남들보다 2~3배의 노력을 해야 했다.

이런 판국에 현철은 감히 석호와 밀리간에게 편지를 할 수가 없었다. 꾹 참고 공부를 하자! 라고 결심을 했다. 현철은 늦게나마 공부를 하기 시작했다. 아침부터 우드베리 대학에서 회계학 과정을 공부하고 저녁에는 몰딩 회사에서 야간 수퍼바이저로 일을 하였다.

우드베리 대학에는 몇 명의 한국계 여학생들이 있었다. 어느새 현철의 나이, 25살, 한국군에 입대한 것이 20세였으니 5년을 허송세월한 듯했다.

석호는 의과대학을 졸업하고 지금쯤 군의관을 하고 있을 거고, 은영은 결혼해 애도 갖고 있을 테고, 오하이오의 밀리간도 콜럼버스 주립대학에서 어느새 2학년을 마쳤을 텐데….

현철은 이제서야 겨우 대학에 입학을 하게 됐으니, 누구에게 이런 사실을 말하랴. 도저히 "나, 손현철, 여기 있어!"라고 석호에게 말할 용기가 없었다.

문득 월남에서 만났던 보(VO) 장군 댁의 딸, 닌과 아들 퀴가 기억에서 떠올랐다. 무엇보다 삼천포의 아버지와 어머니가 궁금했다. 그래도 늦었지만 이렇게 대학에 등록하고 은행 통장에 조금씩 달러가 저축되고 있으니 아주 세월을 낭비한 것만은 아니라고 자위하며 주먹을 불끈 쥐고 "다시 하자!"라고 외쳤다.

17. 결혼과 바이올린 천천히…

현철은 누가 뭐라고 해도 낭만적이며 사랑을 아는 흥이 있는 사나이였다. 현철은 모은 돈으로 우선 값싼 폭스바겐 중고 자동차를 한 대 구입하였다. 비로소 제대로 된 날개를 갖게 된 봉황새였다. 직장도 가고 학교에도 가고, 가끔 남을 픽업해 주기도 했다.

우드베리 대학 같은 반에서 강의를 듣는 한국 여학생이 있었다. 키도 크고 은근한 미소도 있어 쉽게 정이 가는 여성이었다. 최진숙이라고 했으며 현철보다 2살 어렸다. 차도 태워주고 숙제도 같이 하고 가끔 커피도 마시다 보니 정이 들기 시작했다.

마침내 그녀는 자신의 사진첩을 현철에게 보여주게 되었다. 사진을 통해 그녀는 자신의 미모를 은근히 현철에게 드러내보이려 했다. 그녀는 현철과 데이트를 하고 싶었기에 사진첩으로 미끼를 던진 셈이었다. 그런데 그녀가 보여 준 사진첩에서 눈에 확 끌리는 다른 한국 여학생이 있었다.

한참 들여다보고 있노라니, 최진숙은 의아해하며 물었다.

"맘에 드시나 보네요?"

"예. 예쁘군요."

"그런데 어쩌나, 미국에 있는 사람이 아닌데…."

"어디 있는데요?"

"브라질에 있어요. 제 친구입니다."

"브라질?"

현철은 순간 넋을 잃고 있었다. 이를 본 진숙은 자신의 의도와는 아주 반대로 돌아가고 있기에 기분이 은근히 상해 사진첩을 접으려고 했다.

"저, 진숙씨! 혹시 제게 소개시켜 주실래요. 너무 예쁘군요."

"아, 제 고등학교 동창인데, 화가가 꿈이었지요. 예고 시절, 아주 날렸다구요. 그런데 브라질로 부모 따라 이민 가는 바람에…. 모든 게 사라졌답니다."

"화가? 이민?"

현철은 점점 더 마음이 조여 들었다. 비록 사진이기는 하나 그녀는 미국에 와서 여러 차례 절망에 빠졌던 그에게 용기를 불어넣어 줄 여자 같았다.

마침내, 현철은 브라질 상파울루에 사는 정경숙과 편지를 주고받게 됐다. 경숙은 사진도 그렇지만 편지 내용으로 봐도 현모양처감이었다.

보내준 몇 장의 편지를 보면 얼굴이 희고, 주름도 없고 반듯한 처녀였다. 약간 긴 얼굴에 비교적 큰 눈도 매력적이었으며 웃는 입술에서 행복이 흘러나오는 듯했다.

편지가 오고 갈수록 그녀는 현철의 마음을 흔들어 주는 아가씨였다. 이젠 애인을 넘어 배우자로 생각하게 되었다.

'결혼을 해야지….'

매일같이 그는 노래의 날개 위에 그의 사랑을 멀리 브라질로 날려 보냈다.

해를 넘겨 1971년 봄, 문제가 발생하고 있었다. 단순한 펜팔을 벗어나 결혼을 마음에 두게 되었는데 이와 반대로 경숙은 편지를 통해 청천벽력 같은 절교를 현철에게 선언했다.

> 현철 씨. 저에게 남자 친구가 여기 상파울루에 있습니다. 저를 사랑하는 건실한 분입니다. 저는 현철 씨와 더 이상의 편지를 하지 못합니다.
> 그것이 저의 도리이지요. 이해해 주시기를 바라며….
> 경숙.

편지를 받은 현철은 천지개벽, 마음에 혼돈이 오고 있었다. 남자 친구가 이미 있다고 하니 포기할까, 생각을 했지만 그럴수록 더더욱 그녀에 대한 마음이 간절했다. 하늘이 짝 지워준 여자인데….

그 후 두 차례 편지를 보냈으나 답장이 없었다.

우드베리대학 학기말 고사가 5월 말에서 6월 초에 있었다. 시험을 어떻게 봤는지 모르나 6월 초, 학기는 드디어 끝나 시간이 생겼다.

현철은 큰마음을 먹고 편지를 썼다.

> 경숙 씨. 나는 당신이 뭐라고 해도 포기할 수 없습니다.
> 저는 당신을 사랑합니다. 6월 중에 상파울루로 갑니다.
> 만나서 저를 보시고 결정하십시오. 제게도 기회를 주십시오.
> 현철 올림.

현철은 즉시 사장님을 만나 휴가를 요청했다. 브라질에 있는 애인을 만나러 간다고 설명을 했다.

"와! 축하한다. 성공하게나. 자네 멋진 사나이구먼."

사장은 그의 등을 툭 쳐 주었다. 2주간, 유급 휴가를 받고 저녁 늦게 집으로 돌아오는 길은 유난히 밝고 희망찼다. 경숙의 두 모습, 그를 반기는 모습과 그와는 정반대로 매몰차게 반대하는 모습이 그의 눈앞에서 어른거렸다. 그러나 조급한 마음이 그의 눈을 흐리게 하는 듯했다.

순간, 무엇인가 그의 눈앞을 가리는 물체가 있었다. 그리고 그는 붕 하늘로 뜨는 느낌이었다. 그가 탄 폭스바겐은 하늘 높이 솟았다 쾅 하고 떨어졌다.

그리고 그는 잠시 정신을 잃었다. 밖이 소란하며 사람들이 외치는 소리가 들렸다. 그가 탄 차는 실수로 가로등을 들이받아 박살이 났고 가까스로 문을 뜯고 나온 현철을 본 구급대원들은 "와! 이런 끔찍한 사고에도 제 발로 걸어 나오다니…"라고 탄성을 질렀다.

병원에 입원하라고 했으나 응급 치료만 받았다. 교통사고 처리를 하다 보니 귀중한 휴가 기간이 줄어들고 있었다. 귀한 시간이 흐르다니, 안타까웠다.

마침내, 현철은 모든 것을 뒤로 미루고 상파울루로 가는 비행기에 올랐다. "경숙을 놓쳐서는 안 된다."라는 일념으로.

상파울루는 큰 도시였다. 그러나 비록 오늘이 첫 방문길이지만 시내를 훤히 아는듯했다.

택시로 경숙의 집으로 가 부모와 경숙 앞에서 그의 마음을 간절하게 읊조렸다.

"저, 가진 것은 없으나 따님을 향한 사랑, 이 마음 그것 하나입니다. 저와 결혼을 허락해 주십시오."

"이미 친하고 있는 사람이 있다고 하니, 그냥 돌아가시게."

"전, 상관 않습니다. 제게 허락해 주십시오."

경숙의 부모는 놀랐다. "저런 기개와 마음이면 우리 딸을 그에게 줘도 된다."라는 결론을 지었다. 지금 사귄다는 브라질 교포의 태도가 불분명했었기 때문이었다. 결국, 상황은 180도 달라졌다.

"얼마 동안 여기서 체류할 것인가?"

"일주일의 시간을 갖고 왔습니다."

"일주일이라, 그렇다면 온 김에 아예 결혼하고 가게나."

"예? 당장?"

"그렇네. 당장, 싫은가? 내일 당장 결혼하게. 됐나?"

현철은 다음 날, 경숙의 친지들 앞에서 결혼을 하게 되었다. 생각지도 않은 결혼이요, 준비도 없이 찾아간 결혼이었다. 그러나 그는 행복했다.

천사같은 경숙을 아내로 맞이하다니….

결혼식을 마친 후 장인 장모는 또 다른 말을 했다.

"아예 미국으로 돌아가는 길에 둘이 같이 가게!"

"예? 같이 가라고요? 가서 준비도 해야 하는데…."

"잔말 말고 당장 비행기표 사줄 테니 같이 가게."

"알겠습니다."

허락만 받으려고 했는데 일주일 사이에 결혼을 하고 아내와 같이 LA로 돌아오게 됐다. 비행기 속이 그들의 신혼여행 길이었다. 다시 돌아온 LA, 신혼살림을 준비해야 했다. 비록 가진 것은 없으나 행복했다.

그러나 그녀에게는 실망이 연속되었다. 남편은 돌아오자마자 직장에 다니다 보니 그녀는 하루 종일 곰팡이 냄새 나는 후진 아파트에 혼자 있어야 할 때가 많았다.

더구나 학교가 시작되고 보니 밤낮을 통해 남편과 같이 할 시간이 별로 없었다. 미국은 결코 신델레라의 세계는 아니었다. 현실은 냉혹했다. 새 차도 구입해야 했다. 그간 은행에 저축한 모든 돈을 탈탈 털어 새 살림을 시작했다.

그들의 신혼은 이렇게 시작됐으며, 놀랍게도 그녀의 몸속에서 그들의 사랑이 꿈틀 대고 있었다. 마침내 그녀는 남편을 돕기 위해 귀한 몸을 단순 노동직인 조립공(Assembly), 공순이가 되었다.

남편을 위해 무엇인들 못 하겠는가, 그녀는 점점 더 대담해졌다.

다음 해, 그녀의 배는 몹시 불렀다.

현철은 우드베리대학에서 교양과목으로 "음악감상"이라는 과목을 택하였다. 잘 모르는 음악이 대부분, 약간 아는 음악이 있어 그래도 생기가 돌았다. 도저히 모든 곡을 구별할 길이 없었기에 음악의 특징을 외우기로 했다. 어느 곡은 갑자기 바이올린이 천천히 변하는 부분이 있었다.

현철은 남산처럼 부른 아내의 배를 만지며, "바이올린 천천히" "바이올린 천천히"라고 박자에 맞춰 남산 같은 아내의 배를 탭핑

(Tapping)했다.

"여보, 이 곡은 바로 바하의 칸타타야. 우리를 축복하는, Soli Deo Gloria."

'오로지 하나님께만 영광!'이라는 곡이야.

"그래 바이올린 천천히, 천천히. 이 곡은 바하의 칸타타여!"

그럼에도 불구하고 그는 교양과목을 모두 A 아니면 B를 받았다.

1972년 6월 28일, 큰아들이 태어났다. 함박꽃 같은 웃음으로 맞은 아들이었다. 현철의 어머니가 누구보다도 기뻐했으며 큰손자를 아꼈다. 그러나 그해 12월, 사랑하는 어머니가 LA에서 세상을 떠나셨다. 현철은 몹시 울었다. 멀리 남해바다, 삼천포 앞바다를 그리어 보았다.

잘나가던 집이었는데 갑작스런 폭풍으로 어선을 잃고 파산한 이후 회복하지 못하고 지내온 어머니는 자식들을 위해 몸을 혹사했었다. 이제 며느리도 보고 손자도 보았는데 먼저 가시다니, 그는 삼천포 앞바다에 눈물을 쏟아붓듯이 실컷 울었다.

'죽방멸치야, 죽방멸치야.'

18. 졸업과 새 사업

새로운 삶은 새로운 창조를 낳게 했다. 새로운 꿈을 만들었다. 아메리칸 드림을 위한 한 발자국, 한 발자국이었다. 인종 용광로에서 다른 민족, 다른 종교, 다른 습관과 어울려 용해되어 새로움이 창조됨을 알게 되었다.

1974년, 드디어 그는 우드베리(Woodbury) 대학에서 회계학 전공을 마치고 졸업했다. 계산해 보면 1963년 연세대학에 입학한 지 11년이 지났으니 4년제 대학 3번을 다닌 시간이었다.

5년 이상 일해 온, 단순 노동직인 몰딩 회사를 사직하고 더 높은 다른 꿈으로 도약하게 되었다.

1970년 초 밀어닥친 한국인 이민자들을 위한 새로운 서비스 사업으로 LA 다운타운과 한인타운에서, "**LA 한인 자동차 그룹**" 을 창사했다. 영어를 제대로 못하고 미국 사회에 익숙하지 못한 한인들과 소수민족들에게는 아주 필요한 사업이었기에 큰 이익을 얻게 되었다.

아울러 다음 해, 그는 둘째 아들을 얻게 되었다. 큰 축복이었다. 이제 그는 한인들 사회에서 잘 알려진 사업가로 이름을 내게 되었으니 작은 아메리칸 드림을 이룬 것임에 틀림없었다. 아내가 있고, 사업장이 있고, 첫째 그리고 둘째 아들이 있으니 그에게는 모든 것이 있었다.

1975년, 1976년, 1977년, 1978년 그리고 1979년 7월 3일이 되었다. 멀리 오하이오에서 친구 석호가 무조건 현철이 사는 LA로 이사를 왔으니 둘에게는 흐뭇한 재회였다.

"현철아! 그동안 수고 많았네. 고생했어. 그간 현숙한 아내와 두 아들을 두었으니 장하구나. 장해."

"와 그러고 보니 너도 예쁜 아내와 떡두꺼비같은 두 아들을 두었으니, 게다가 역경을 딛고 외과 의사가 됐으니, 우린 두 배로 복을 받은 행운아들이구나, 그렇지!"

독립기념일 전날, LA 소재 KAL 호텔에서 만난 두 사람은 밤 깊어져 가는 줄 모르고 와인 잔을 부딪치고 있었다.

　10년 전, 청량리 정거장 근처 포장마차 집에서 막걸리를 마시며 한탄하던 그날이 이제는 아름다운 추억의 한 장면이 되었으나 그 장면 뒤에는 수많은 눈물이 배어 있었음을 그들은 느끼고 있었다.

　"자, 우리는 다시 만났다. 그리고 시작한다."

　두 사람은 붉은 와인 잔을 하늘 높이 들고 "쨍" 하고 부딪쳤다.

　부딪친 잔에서 붉은 눈물이 밖으로 튀어 나오는 듯했다.

19. 재회 이후

　감격적인 석호와 현철의 재회의 즐거움도 오래 가지 못하고 미국 특유의 바쁜 일정 속에서 점점 희석되고 있었다. 그들은 바쁘고 혼탁한 LA 한인타운을 떠나 비교적 조용하고 전원적인 오렌지카운티로 이주하였다.

　석호는 한인들이 많이 사는 가든그로브에서 외과와 방사선과 개업을 아내와 공동으로 했다. 생각보다 개업은 잘 되었으나 앞으로 치를 전문의 시험이 부담이 됐다. 성공적으로 합격이 되면 한국으로 이주하고 싶은 마음이었으나 막상 미국에서 태어나고 자란 두 아들이 걱정스러웠다. 영어만 하는 애들이 한국 초등학교에 어떻게 적응할 수 있는지 걱정이 됐다. 한국말이라고는 몇 마디 밖에 못하는 애들이 안스러워 보였다. 그리고 본래 경쟁력이 약해 항상 뒤로 밀리는 석호 자신도 한국에 가서 제대로 존립할 수 있을지 의문이 들었기 때문이었다.

　여러 차례 도전한 전문의 시험에서 실패를 거듭하자 석호는 다분히 낙심이 되었다. 시험에서 낙방을 거듭하다 보니 한국으로 돌아가야 한다는 생각은 완전히 포기하고 말았다. 성공 없는 귀국은 죽음과도 같았다. 현철과 아내의 격려로 도전한 결과 10여 년이 지난 후, 석호는 전문의 시험에 성공하였다. 고진감래(苦盡甘來)의 꿀맛이었으나, 어쩐지 서글펐다.

'6전 7기(6顚7起)'였다. 전문의 과정을 마친 지 10여 년 후-

그동안 석호는 물론 그의 아내가 가졌던 마음고생이 말이 아니었다. 비록 전문의 시험에 합격은 했으나 이것 가지고 한국에 가서 "나 왔노라."라고 할 수가 없었고 이미 버스는 떠나고 난 후였다.

덕분에 석호는 인생의 쓴맛에서 새로운 분야를 생각해 내는 행운이 따랐다. 전화위복(轉禍爲福)이라고 했던가? 아님, 철이 들었는가? 아님 때가 됐는가?

"아! 나는 문학소년이었지. 소설가(小說家, Author)가 되고 싶었지. 오히려 문학이 내게는 더 적성이 있는지도 모르지, 그래 한번 해보자! 늦었지만…."

그는 늦은 나이에 문학에 도전하기로 마음먹었다.

"닥터 지바고, 부활, 죄와 벌, 레미제라블, 바람과 함께 사라지다." 와 같은 명작을 평생에 한 편 써 보겠다는 각오로 글을 쓰기 시작했다.

글 쓰는 외과 의사---

"그래! 명작을 써보자. 세계적인 명작을…."

석호는 늦은 나이에 제 갈 길을 찾은 셈이었다. 현철도 한인들이 밀집한 다운타운에서 술 마시며 흥청거리기보다 길목 좋고 안전한 오렌지카운티 부유촌에서 잡화점(Liquor store)을 운영하기로 했다. 뿐만 아니라 석호와 더 가까운 이웃으로 살게 됐다.

LA 한인타운에서의 자동차 사업은 겉은 번지르르하나 실속이 없었다. 일과 끝나고 직원들과 어울리든지, 고객들과 어울리다 보면 자연 술집에 가게 되고 새벽이 돼야 집으로 돌아오게 되었다.

"규모가 적은 장사를 해보자. 그러면 가정에 더 충실할 것이다."
라는 생각이 들었기 때문에 잡화점을 인수하게 됐다.

말이 잡화점이지, 음료수와 주류를 취급하기에 각별히 조심하며 안전을 기해야 했다. 그러나 동네가 워낙 고급이 되고 보니 흑인이나 강도와 같은 위험은 생각보다 적었다. 반면 수입은 상대적으로 좋아 몇 년 사이에 모든 은행 빚을 갚을 수가 있었고 좋은 집으로 이사를 가게 됐다. 이번에는 아내가 좋아하는 언덕 위의 집에 아내의 취향에 맞게 그림도 붙이고 조각도 해 놓아 마치 그리스 신화에 나오는 우아한 집으로 변했다. 아울러 현철 부부는 영주권도 해결하였으며, 1980년대는 마치 고국의 발전과 걸맞게 오렌지카운티에서 풍족한 삶을 누리고 있었다.

영주권을 받은 지 5년 후 그들은 시민권을 받았다. 시민권이라고 특별히 다른 것은 아니나, 학생 신분으로 미국에 들어온 것에 비하면 격세지감이었다.

"우리는 미국 시민이다."

그러나 마음속에는 늘 어머니의 웃음이 그리운 고향이 들어 있었다.

"삼천포 항구가 그립다."

미국 시민, 두 아들들도 열심히 아버지의 기대에 부응했다. 백인 아이들처럼 그들도 덩치가 크다 보니 조금도 꿀리지 않는 당당한 아들들이었다. 머지 않아 아이비(IVY)리그의 대학에 도전한다.

비록 아버지 어머니는 학생 비자로 무명의 학교에서 등록금 걱정하며 겨우겨우 졸업을 했지만 2세 아들들은 당당하다. 두려움이 없고 장벽이 없다.

"그러기에 아버지는 너희들을 보면 행복하다. 대견하다."

현철은 물론 석호도 합창을 했다.

길목이 좋아 황금알을 낳는다는 현철의 잡화점 가게를 15년간 운영하고 있었다. 어느날부터인지, 이 가게를 사겠다고 매일같이 찾아오는 한국 동포가 있었다. 꼭 이 가게를 사서 현철처럼 아메리칸 드림을 이루겠다고 했다. 그의 집념은 진지했다. 마치 현철이 15년 전의 그 모습의 반영이었기에 결국 그에게 가게를 양도했다.

15년간 운영해온 소매상을 청산하고, 새로운 직업에 도전하게 됐다. 이번에는 회계학과 관련이 있는 부동산 중개업이었다. 미국 사회에서 부동산 중개업은 만만치 않은 고위 직업에 속한다고 볼 수 있다.

현철의 끈질긴 노력으로 마침내 캘리포니아 레맥스(ReMex)의 한 지점 주인이 되었는데, 이것은 대단한 성공이라고 볼 수 있었다.

"비록 시작은 작았으나 마지막은 창대하리라."는 목사님의 축복이 임한 결과였다. 현철은 지역사회의 유지가 됐으며, 남들이 부러워하는 아메리칸 드림의 표본이었다. 두 아들들도 유수의 대학을 마치고 각자의 직업을 갖게 되니 그의 꿈은 날개를 펴 이미 잘 날고 있었다.

20. 호사(好事)

현철에게 있어 즐거웠던 일은 2002년 큰아들의 결혼으로 며느리를 얻게 된 것이다. 캘리포니아 대학교(UC)를 졸업한 아들과 며느리를 통해 그는 이루지 못한 또 다른 아메리칸 드림을 성취했다. 2005년은 큰손자를 보았으며, 둘째 아들도 결혼을 하였다.

멀리 미국에서 한국 여성을 며느리로 맞는 것이 쉽지는 않았다. 역시 같은 풍속과 같은 DNA를 가진 한민족이 그리웠다. 손자를 보는 것은 마치 자신의 일부를 본다고 생각했다.

분명, 이 녀석은 큰 인물이 될 거라고 생각하며, 기도했다. 부동산 회사, 레멕스를 통해 많은 수입이 들어왔으며 상대적으로 많은 기부금으로 한인 사회를 도왔다.

2004년 8월 정말 즐겁고 감격적인 날이었다. (월남타운의 축제)

석호가 개업을 하고 있는 가든그로브시와 인접한 웨스트민스터시에 있는 월남타운에서 뜻밖의 소식이 들려왔다. 96명의 월남 피난민-보트 피플을 구출해 준 한국인 선장을 영웅으로 존경해 환영하는 큰 보은 행사가 월남타운에서 열린다고 했다. 1975년 4월, 월남은 월맹에 의해 맥없이 망하고 말았다. 뿐만 아니라 수많은 난민들이 남지나 바다로 내몰려 바다에 빠져 죽는 사건이 빈번하자 세계적인 문제가 됐었다.

1985년 한국 어선 동명호가 사모아섬 근해에서 참치잡이를 마치고 베트남 동쪽 남지나 바다를 지나가고 있었다. 마침 월남 피난민들을 실은 어선이 구호를 요청하며 표류하고 있었다. 수많은 배들이 이

배를 목격했으나 어느 하나 구해 주려고 하지 않았다. 오로지 미 해군 7함대의 손길을 기다리고 있을 뿐이었다. 그러니 언제 그들은 바다에 빠져 죽을지도 모르는 상황이었다.

이때, 부산에 회사를 둔 광명호가 사모아섬에서 참치잡이를 성공리에 마치고 부산을 향해 항해를 하고 있었다.

"선장님! 저기 저 배를 보십시오, 월남 난민 같습니다."

"그렇군, 어쩌지?"

"선장님, 신경 쓰지 말고 그냥 지나가십시오. 회사에서 명령이 내려왔습니다."

전제용 선장은 회사의 명령대로 어선을 피해 북으로 항해를 계속하였다. 순간 그는 고민에 빠졌다. '아무리 그래도 인간의 도리가 아니지, 그들은 분명 바다에 빠져 몰살할 것이 뻔한데, 인간의 생명을 외면하다니, 안 되지.'

전제용 선장, 그는 결심했다.

"기수를 남으로 돌려, 난민들을 구하자!"

선원들은 반대했다. 그러나 그는 "모든 것을 내가 책임진다."라고 외쳤다.

광명호는 월남 난민을 실은 어선으로 가까이 다가가 갑판에 있는 몇 명을 구하기 시작했다. 그런데 아뿔싸! 몇 명이 아니고, 무려 96명의 난민들이 꼬리에 꼬리를 물고 나왔다.

노약자와 부녀자들은 선실과 선장실에 그리고 나머지는 갑판과 복도에 실었다. 먹을 음식과 물도 삽시간에 동이나, 냉동시켜 온 참치를 식량으로 써 마침내 가까스로 부산항에 돌아왔다.

물론 전제용 선장은 회사로부터 해직 파면되었으며 멀리 고향 통영으로 내려가 멍게 사육을 하며 어렵사리 살고 있었다. 구출된 난민들은 미국으로 옮겨져 캘리포니아 웨스트민스터를 비롯해 몇 군데 도시에서 정부의 도움으로 정착했다. 그들은 자기들을 구해준 은인, 전제용 선장을 찾기 위해 노력을 했다. 마침내 20년 만에, 해직돼 가난하게 살고 있는 전 선장을 찾아내어 2004년 8월 월남타운에 영웅으로 초청해 감사를 표하는 행사를 하게 되었다.

미국 TV와 한국 TV가 안타까웠던 표류와 구출을 방영을 하자 일약 전 세계에 알려졌다. 웨스민스터와 가든그로브는 이웃이기에 월남 사람들과 친교를 맺어 온 강석호 의사와 손현철 사업가는 그들 행사에 초청되었다. 월남 사람이 운영하는 대형 식당에서 약 200여 명 하객들의 환영을 받으며 전제용 선장은 인사말을 하였다.

"제가 한 일은 어느 누구라도 다 할 작은 일이었습니다. 저는 제 할 일을 한 것뿐입니다."

행사장은 눈물과 기쁨으로 한국인과 월남인이 하나가 되는 순간이었다. 고질적인 두 민족 간의 원한과 갈등이 해결되는 순간이기도 했다. 한국군이 비록 월남을 도와줬다고는 하나, 한국군도 실수를 한 것이 많았음을 고백하자 이 실수를 용서하는 월남인들 사이에 진한 눈물이 엉겼다.

맹호부대로 참전한 현철은 더더욱 감회가 깊었기에 전제용 선장을 깊이 흠모하고 있었다. 한복을 곱게 차려 입은 한국 여인들과 아오자이를 입은 월남 여성들의 춤과 합창도 있었다.

대부분의 나이가 40대 이상이었다. 젊은이가 많지 않았음은 그들에게는 실감나는 사건이 아니었을지도 모르기 때문이었다.

식이 끝나고 월남인들이 제공하는 축하 음식을 나누는 사이, 강석호 의사는 전제용 선장을 만나 인사를 하게 됐다. 검게 탄 얼굴에 주름이 많은 경상도 통영 사람, 그는 어느새 60 중반을 넘어 있었으며 분명 월남 사람들뿐만 아니라 미국에 사는 한국 교포에게도 영웅이었다. 그를 사이에 두고 많은 사람들이 그와 얘기하려고 기다리고 있었다. 아오자이를 입은 미녀들도 여럿 있었다.

현철과 석호는 행사가 끝나고 돌아오는 길에 잠시 가든그로브병원 식당에 들러 커피를 한잔하였다.

"석호! 아오자이를 입은 여인들을 보니 달라트에서 만난 소녀와 동생이 생각나는구먼. 살아 있을까? 있다면 어디에, 아버지가 장군이었으니 총살당했겠지."

"귀여웠다면서."

"귀여웠었지, 프랑스 피가 섞여서, 한국에 가서 눈 구경을 시켜준다고 약속을 했었는데…."

"어느새, 35년이 지났네. 살아 있다면 50이 넘었겠구먼."

석호는 '휴' 한숨을 쉬었다.

"그렇지, 50이 넘었어, 어느새."

그리고 씁쓸한 마음으로 헤어졌다. 아니 서운한 마음뿐이었다. 전제용 선장에 대한 기억은 오래오래 두고 잊혀지지 않았다. 석호는 그날 이후, 월남전쟁과 전제용 선장을 주인공으로 한 소설, 『거문도에 핀 동백꽃』은 3개월에 걸쳐 집필했다.

월남전에 참전한 고등학교 친구들의 얘기였다. 어찌 보면 소설가 강석호는 자신들의 얘기를 소설 속에서 새로운 세계로 승화시키려는 듯했다. 완성된 소설은 마치 월남을 다녀온 친구 현철과 또 다른 친구의 안타까운 사연이었다. 아울러 가난 속에서 굶주렸던 한국이 어떻게든 가난을 극복하려고 몸부림치던 시대상을 말하는 듯했다. 작전 중에 지뢰를 밟고 산화한 친구, 권 중위의 모습이 떠오르고 있었다.

영화로 제작하려고 제작진을 만나 타협을 보았다. 달라트에서 만난 여인을 생각하는 현철의 마음도 가득 들어 있었다.

"그 소녀, 닌, 그리고 소년, 쿠이, 언젠가 만나 볼 수 있을까? 죽기 전에…."

21. 다마(多摩)

신은 좋은 일도 주고 나쁜 일도 준다고 했다.

1980년, 현철은 뇌졸중으로 인해 몇 주 고생한 일은 있었으나, 다행히 건강을 회복했었다.

큰아들을 통해 손자를 보았다. 작은아들도 결혼해 작은며느리를 통해 생일에 미역국도 먹으며 "하하, 허허" 행복한 웃음을 짓기도 했었다.

2006년 7월, 어느 더운 날, 그는 갑자기 숨이 차고 걷기에 힘이 들었다. 견디다 못해 길거리에 주저앉았다. 순식간에 달려온 앰뷸런스에 실려 인근에 있는 세인트 쥬드병원으로 보내졌다. 결과는 엄청난 대형 중증의 문제가 그의 몸속에서 도사리고 있었다.

"손 선생님, 정말 큰일날 뻔했습니다. 조금만 늦었어도…. 왼쪽 관상동맥이 아주 꽉 막혔고, 오른편 관상동맥도 막혀 응급으로 스텐트를 넣고 바이패스(Bypass) 수술을 하여야겠습니다. 집도 의사는 스미스 심장외과 의사입니다. 믿으십시오."라고 가정주치의사가 알려 주었다.

"잠시, 내 친구에게 연락해 주시지요, 가든그로브병원의 외과 의사 강석호에게."

"아, 알겠습니다. 꼭 해야 하나요?"

"예, 그가 하라면 하고 하지 말라고 하면 안 합니다."

"아니, 그가 결정을 한단 말입니까?"

"그렇습니다. 그가 결정합니다."

현철은 수술실로 들어갔으며 무려 6시간의 긴 수술을 받고 중환자실에서 간호를 받고 있었다. 석호가 급히 병원에 찾아 갔을 때, 그는 아직도 마취에서 덜 깬 상태로 누워 있었다. 말을 하지 못했으나 다소 알아는 보는 듯했었다.

다음 날 이른 아침, 석호는 만사 제치고 중환자실에 다시 들렀다.

"석호! 반갑데이. 나, 더 살아야 돼. 더…."

"물론이지! 그러려면 희망을 가지라고, 꿈을 가지라고."

순간 석호는 환자의 침대 모서리에 걸쳐 놓은 사진을 바라보았다. 바로 현철의 손자 사진이었다. 죽고 사는 기로에서도 현철은 손자의 사진을 곁에 두고 있었다.

"석호! 난 더 살아야 해. 이놈을 봐서라도, 내 희망이여. 꿈이여…."

분명 손자의 사진을 보면서 그는 스스로의 면역을 올리고 있었다. 강력한 면역 항체를 만들고 있었다.

"손자는 할아버지의 면류관이라고 했지. 그래, 면류관이여. 넌 분명 살아난다."

"고맙데이."

석호는 자신의 두 아들을 생각해 보았다. 재작년 가을에 결혼을 한 큰아들을 통해 작년에 손녀를 보았다.

"그래, 나도 너처럼 손녀를 통해 기쁨을 누린다."

그러고 보니 그들의 나이도 꽤 된 셈이었다. 61세가 넘었다.

2주 후 현철은 집으로 퇴원했다. 많이 수척했으며 만사가 조심해야 할 일뿐이었다. 한 움큼의 약을 먹다 보니 약에 취해 보였다. 그러나 손자의 방문을 통해 그는 조금씩 회복되고 있었다. '손자면역과 치료'의 효과를 보는 듯했다.

손자는 그의 분신을 넘어 그의 모든 것이었듯이 그의 손자 사랑은 죽음에 이를 때까지 변함이 없었다. 그의 지갑 속에는 늘 손자 사진이, iPhon에도 손자 사진이 항상 웃으면서 "할아버지!"라고 부르고 있었다.

그럼에도 불구하고 건강 회복은 생각보다 빠르지 않았다. 워낙 심장 수술이 컸으며 심장의 기능도 저하돼, 정상적인 일을 하기 힘들었기 때문이었다.

손자도 잘 자라서 3살이 되면서 할아버지처럼 영리했다. 할아버지(현철)는 반스 앤드 노블(대형 서점)에 가서 손자와 책을 보는 것이 가장 즐거웠다. 자연히 그는 파트타임의 부동산업에 싫증을 느끼면서 마침내 2008년 봄, 정식으로 모든 직업에서 은퇴하고 사회보장 연금을 받게 됐다. 63세의 젊은 나이였다. 그 후 그는 손자와 같이 도서관으로 서점으로 가서 시간을 보냈다. 석호는 현철의 손자 사랑에 대해 쓴 시 한 수를 얻어와 읊어 보았다.

할아버지의 꿈 -트로이메라이

슈만의 꿈을 아시나요

설리(雪里)

순백의 눈 마을 첼로로 듣는 트로이메라이

선율의 음색으로 꿈을 꾸시나요

할아버지 손현철은

손자에게 묻고

손자 라이안은

할아버지에게 물었다

두 바이올린의 천재가 답했다

나는 손자다 손자는 나다

나는 할아버지다 할아버지는 손자다

또한 교회에서 성가대원으로 하나님을 찬송하며 신앙생활을 하게 되었다. 한 움큼씩 먹던 약도 많이 줄어 기본적인 심장약과 혈압약을 복용하는 것이 고작이었다. 많이 회복되었다. 매일같이 하루에 2장씩 성경을 손으로 쓰고 영어 성경을 읽으며 성경 연구를 하였다. 전에 가져보지 못했던 즐거움을 만끽하고 있었다.

그럼에도 불구하고 몇 차례 응급실을 방문하기도 했으나 그의 건강 상태는 좋아져 웬만한 물리적 일도 해내었다.

"석호, 아무래도 온천이 있고 조용한 뮤리에타로 이사하려고 하네."

뮤리에타(Murieta)에서 교회까지 무려 1시간 15분이나 걸렸다. 그러나 그는 조용한 시골을 좋아했다.

"내 고향 남쪽 바다, 그 파란 물, 눈에 보이네. 꿈엔들 잊으리오."

마산이 지적인 '내 고향 삼천포'를 노래했다. 가고 싶었으며 그곳에서 생을 마치고 싶었다.

"석호, 나 죽으면 고향에 묻어주게."

"무슨 소리? 오래 살아야지."

"그리고 한 가지. 나, 연세에 가보고 싶네. 그리고 그곳에서 공부도 하고 싶어."

"네 나이 금년 66세인데, 택도 안 되는 소리 하지 말고 손자나 잘 돌보려무나."

"안 되겠지?"

"물론 안 되지. 미안하지만…."

석호는 큰 소리로 대답해 주었다. 그 후, 그는 더 이상 얘기를 꺼내지 않았다. 잠잠하게 시골에서 지내며, 교회 성가대원으로 지역사회 봉사자로 조용히 살고 있었다.

반면, 석호에게도 <호사(好事)와 다마(多魔)>는 공존하고 있었음은 창조주가 하시는 일이기 때문이었다.

88 올림픽이 열리던 그해, 석호는 심한 교통사고로 고속도로 아래로 굴러떨어지며 척추와 갈비뼈의 손상을 받은 이후 후유증으로 건강이 좋지 않았다. 결국 오래 서 있지 못하기 때문에 수술을 집도하지 못하는 불운도 가끔 있었다.

그럼에도 불구하고 석호는 과테말라, 인도네시아, 캄보디아로 의료 봉사, 선교를 가기도 했다. 둘은 같은 교회에서 받은바 은사대로 봉사하며 교회에서 중한 직책도 맡아 조용히 봉사하다 보니 어느새 66세, 대부분의 1진 사역에서 2진 사역으로 물러나며 후진들과 협조하게 되었다.

22. 은퇴와 현역의 갈림길에서 (2015년에 생긴 일. 1965~2015_50년)

외과 의사 석호는 미국에 와서 보낸 그의 삶은 한 편의 소설이라고 생각하며 살았다. 타향살이, 흘러와 산 곳이 고향이 되었다고 생각했다. 수많은 한국 사람을 통해 이민의 애환을 매일같이 들어왔다. 원망, 살인, 마약, 사기, 자랑, 좌절. 많은 단어가 교민들 사이에서 일어나는 주제가 되었다. 행복, 협력, 공감과 같은 단어는 상대적으로 적었기에 그가 창작한 소설은 다분히 슬픔, 비관, 후회와 같은 한풀이와 같은 내용들이었다. 그는 언젠가는 희망적이며 진취적인 소설을 써 보려고 소재를 찾고 있었다.

석호는 친구인 현철을 통해 후자의 소재를 찾기 시작했다. 잘나가던 석호도 교통사고로 받은 후유증과 간염으로 인한 피로감에서 은퇴를 생각하게 되었음은 인생이 늙음 앞에서는 장사가 없음이었다.

이제 70이 가까워져 오니 손도 떨리며 무엇보다도 힘이 많이 떨어져 수술 기구를 마음대로 사용하지 못했다. 게다가 시력의 약화로 인해 수술영역을 제대로 구별하기 힘든 경우도 있었다.

근자에 발달한 로봇 수술로 석호의 입지도 약화되어 자연스레 은퇴하여야 하게 되었다. 결국 70세를 그 D-day로 잡았다. 2015년이 된다.

"너는 은퇴하면 무엇을 하려는가?"

현철은 가끔 석호에게 물었다.

"내가 못 해 본 것은, 문학(文學) 창작일세, 특별히 소설 창작이여."

"그동안 몇 차례 문학상도 받았는데…."

"부끄럽구먼. 아직 이렇다 할 명작이 없어."

"너는 언젠가는 명작을 창작할 거라고 확신한다. 해보자!"

"아냐, 나도 너처럼 손자를 보면서 가정에 충실해 보려고 해. 그리고 우리는 더 자주 만나자, 이젠 우리도 우리의 시간을 가져보자."

사실은 그러했다. 석호는 소설가가 되고 싶었던 문학 소년의 꿈을 이루고 싶었다.

1960년대는 60마일로 달리고 1970대는 70마일로 달린다고 한 말이 사실이었다. 병원 다니고, 손자 손녀 데리고 도서관과 반스 노블(대형서점)에 가고 하다 보니 어느새 2015년 새해가 밝아 왔다.

동상이몽(同床異夢)이라고 했듯이 두 친구의 생각은 완전히 반대였다. 지난 2008년에 은퇴했던 현철은 건강이 회복되자, "꿈을 실현하려고 현역으로," 2015년 은퇴를 하려는 석호는 "소설가가 되고자 하는 꿈, 또 다른 현역으로"

그들의 생각이 구체적으로 밝혀진 것은 6개월이 지나서였다.

제2부:

2015년 후반 이후

23. 각자의 인생길 (1학기)

2015년 7월 중순, 현철은 8월 말에 개강하는 연세대학교 가을 학기를 위해 서울로 가면서 석호와 헤어지게 됐다. 석호와 헤어지는 것은 이젠 별문제가 없었으나, 손자 라이안(Ryan)과의 이별은 너무나 힘겨웠다. 어떻게 얻은 손자인데….

심장 수술로 인해 죽을 목숨이었으나 현철은 손자 라이안의 사진을 보면서 면역을 얻었기에 다시 살아나지 않았던가. 어느새 콩나물처럼 쑥쑥 자라, 10살이 된 천재라는 별명이 붙은 손자와 도저히 헤어지기 힘들었다.

"라이안(Ryan)? 너, 할아버지를 사랑하지?"

"그랜드 파(Grand Pa). 물론이지요."

"너한테 하나 부탁이 있다."

"무슨 부탁?"

"라이안! 이제부턴 너 혼자 하는 거다. 할아버지는 2년간 한국에 가서 못다 한 공부를 마치고 온다. 2년간… 너 혼자 하는 거다. 알겠지?"

"옛 썰! 그랜드파."

심장 수술을 받으면서 등대처럼 바라보았던 손자의 얼굴이 어느새 이렇게 의젓해지다니…. 석호가 선물한 시 한 수, **"할아버지의 꿈 - 트로이메라이"**가 오늘의 힘이 될 줄이야.

현철은 어렵사리 8월에 등록을 한 후, 100% 출석을 하겠다는 각오로 손자뻘 되는 학생들과 같이 강의실에서 만나 공부를 시작하게 됐다. IT에 익숙하지 않아 처음에는 생각하기도 힘들 만큼 힘들었으나 점점 익숙해지기 시작했다.

4학기만 수료하면 졸업이 되는 것으로 알았으나 1학기를 더해 5학기를 해야 한다고 하여 처음에는 낙심했으나 마음을 다듬고 이왕에 시작했으니 해야지, 라는 마음으로 강의에 임하였다. 9월 중순, 캄보디아 선교를 마치고 연세를 찾아온 친구 석호로 인해 공부에 대한 사기가 올랐다.

그럼에도 불구하고 현철에게 가장 문제가 되는 것은 뭐니 뭐니 해도 건강 문제였다. 2006년에 받은 중차한 심장 수술 후, 발생할지도 모르는 심부전증[1]이었다. 특별히 좌심실의 탄력이 유지돼야 하는 문제가 아주 중요했다.

그는 새벽에 일어나 지하철을 타고 연세 대학에 도착하여 강의를 듣고 오후에는 도서관에서 공부에 전념했다. 70세 노인으로서는 쉬운 일은 아니었다. 다행이었다. 본인이 기쁘게 학교에 다니다 보니 심장에는 전혀 문제가 되질 않았다. 젊은이들과 어울리는 축제, 강연회에도 빠지지 않았다. 무엇보다도 "나는 결석을 하지 않을 것이다."라는 각오가 있었기 때문이었다.

새로 시작한 대학 생활, 늙은이의 젊은 친구들

70세 복학생에게 중앙도서관은 안방처럼 쉬고 공부하고 잠도 자는 보금자리였다. 초현대식의 도서관, 좌석번호 #32는 그가 늘상 앉는 지정 자리였다. 감히 어느 누구도 넘보지 않았다.

---

[1] Congestive Heart Disease –심장의 탄력성이 줄어들어 심장이 펌프 작용을 하지 못하면서 심장의 기능이 떨어지는 현상

"헤이! #32는 노인 복학생, 선배님의 지정 자리라구…."

도서관 사서, 수위도 70세 복학생의 존재를 알게 되었으며 특별히 신경을 써 주었다. 도서관은 수면도 하고 공부도 하고, 사람도 만나고… 동료 학생들과 미팅도 하는 불가불의 장소였다.

1963년(52년 전)에 본 백양로와 2015년의 백양로는 많이 달라졌다. 그러나 그 근본은 변함이 없어 "연세대학교"라는 근간이었다. 교문에서부터 걸어 올라오는 길… 백양로[2].

그는 52년 전, 어느 시골의 오솔길 같았던 그리고 포장이 덜 되었던 투박한 길을 더 좋아한다. 그 옛길에서 그는 책을 다소곳이 손에 받쳐 들고 다른 손으로는 봄비를 피해 우산을 곧추 들고 총총히 걸어 올라가던 그녀 은영을 만났기 때문이었다.

가정교사 하느라 시간도 없고 돈도 없어 포기했던 그녀, 이제는 당당한 검사의 아내로 살다 은퇴하고 속절없이 늙어 가고 있으리라 생각해 본다. 어디에서인가 아들딸 낳고 살고 있겠지… 서울 하늘 아래에서….

은영이 덕분에 석호는 좋은 규수를 만났으니 어찌 생각하면 고마웠다. 문득 어느 시인의 시가 현철의 귀를 스친다.

> "떠나지 못한 새들의 울음소리에 깨어,
> 어깨를 털고 서 있는 버즘나무-백양나무(Aspen)
> 열매를 많이 달고 서 있는 까닭에…."

---
[2] Aspen이 길 양편에 터널처럼 줄지어 자라는 나무길

그리고 생각이 나지 않음은 역시 지난 과거 탓인가, 현철은 가다 잠시 머물러 서서 주위를 돌아다보았다. 그렇다. 연세의 가을은 온통 숲속의 정취이다. 청송대의 소나무, 그리고 향기… 지금은 자취도 없어진 찬란한 봄날에 본 아카시나무, 그리고 그 내음새.

윤동주 시인이 걸었다는 이 길… 백양로길.

"나도 걷는다. 70세 노인이 되어."

하늘을 우러러 한 줌의 부끄럼이 없기를 바라며, 바람에 흔들리는 잎새에 맹세를 했다는 대선배가 걸었던 이 길, 백양로.

만주 벌판, 윤동주의 고향 하늘에 떠 있는 별. 별 하나에, 미국에 있는 아내, 경숙. 별 하나에 손자 라이안이 떠오른다. 그리고 저 작고 초롱초롱한 별은 분명, 손자 라이안이라고 생각했다.

'그래, 라이안! 할아버지가 걷는 이 길, 너도 언젠가 내 손 잡고 걸어보자… '

현철에게 그래도 즐거움의 순간은 뭐니 뭐니 해도 역시 같은 나이의 옛 고등학교 동기 동창들과 틈틈이 만나, 삼겹살 구이와 소주 한 잔 기울이는 시간이었다.

"야, 다 늙어서 무슨 공부냐! 자, 자, 한 잔 받아라!"

"야 임마, 내일 강의 들어야 해, 안 돼!"

"안 되긴 자식! 네 손자 같은 놈들하고 공부가 되냐! 야, 다 집어치우고 내일 나하고 서해안 고속도로 타고 여행 가자."

"고맙다. 틈을 낼게…."

"야! 대학에 가봐야, 그거 돈 낭비야. 배울 것도 없어. 이것봐! '사랑과 우정이 동시에 물에 빠지면, 사랑을 먼저 구하라. 그리고 우정과는 함께 죽어라. 라고 했어."

그날 현철은 다소 취했다. 하숙집으로 데려다주는 친구에게 말했다.

"그래, 승화야. 우리는 같이 죽자. 고맙다. 고마워."라고.

그 후 시간을 내서 승화 덕분에 서해안으로, 목포로 좋은 구경을 하며 조국의 땅을 만끽해 보았다.

'와 발전된 조국… 자랑스럽다.'

한국은 많이 발전했다. 그러나 어느 것은 싫었다.

1963년 연세대 행정과에는 여학생은 하나도 없었다. 그러나 2015년, 비록 과의 이름이 바뀌었지만 60%가 아리따운 여학생으로 강의실이 메밀꽃으로 꽉 찬 것처럼 밝았다. 게다가 남학생 중에는 앙증스럽게 귀를 뚫은 친구도 있었다. 캠퍼스 커플로 이젠 스스럼없이 팔짱을 끼고 다니기도 하며 도서실 같은 데서 애정을 표시하기도 한다.

"와- 미국보다 더 하네…."

지하철이나 도서관에서도 자리를 양보하지 않는 경우도 꽤 많았다. 으레 그렇게 행동하는 젊은이가 엄청 많았다.

"인정머리가 없어졌나?"

식당에 가서 보니 여학생들도 소주를 마시며 노닥거리는 것을 보면서

"여학생들도 소주를?"

이렇게 생각하며 70세 복학생 현철은 다소곳이 앞에 앉아 커피를

마시던 은영을 생각해 보았다. 세상이 확 바뀌었다.

도림동에서 신도림으로 가는 버스…

"수고하십니다."

인사를 올리며 차에 올라도 운전사는 무반응이다. 못 들은 것은 아닌데 머쓱해진다. 다음 날도 "수고 하십니다."라고 해도 역시 무반응이었다.

신도림역에서 지하철을 기다리노라면 가끔 사람들은 순서를 무시하고 뛰어간다. 심장병 환자인 70세 복학생은 뛰지 못한다. 지하철에 오르면 분명 노약자 자리가 있어 백발인 70세 학생이 앉으려는데 젊은 애가 먼저 앉아 iPhon만 들여다본다.

"내가 잘못했나?"

현철은 무안하지 않도록 옆으로 슬쩍 비켜섰다.

교통 규칙을 지키지 않으니 겁이 나기 때문에 자동차 운전은 당분간 못할 것 같았다. 미국 생각이 간절했으나, 어차피 여기서 그는 여기에 맞춰 살아야 한다.

그러나 좋은 것도 많았다. 공중변소는 놀랄 정도로 깨끗했다. 월남국수집이 좋았다.

2015년 1학기를 마치고

첫 학기는 행정학 전공과목을 하다 보니 몹시 힘들었다. A는 하나도 없고 B, C, 그중 C가 많았다.

12월 19일, 종강을 자축하며 139일의 어려운 혈투를 마감했다.

"아! 한 학기를 마쳤네…."

서둘러서 미국행 비행기를 타고 알바인 집으로 돌아오니 12월 23일이었다. 아내와 손자 라이안의 모습을 보며 "아- 가정의 즐거움"을 느꼈다. 식탁에 둘러앉아 성탄절을 축하하며 같이 즐기는 음식… 이것이 바로 즐거운 나의 집이었다. 반년의 세월이 마치 그의 인생의 절반이나 된 듯했다.

석호와 현철, 마침내 미국에서 얼굴을 마주하게 되자, 석호는 의미 깊은 질문을 던졌다.

"손자 없이 살 것 같던가?"

"힘은 들었으나, 그런대로… 절대적인 것은 아닌 것 같아."라고 말하면서, 상대평가와 절대평가를 설명해 주었는데 상대평가가 훨씬 더 어려워 보였다. 그도 그럴 것이 10명 중 10명이 모두 90점 이상인 A를 맞아도 누군가는 B와 C로 내려가야 하기 때문이었다.

교회에서 성가대원으로 1개월을 보낸 것도 큰 의미가 있었다. 다음 학기가 곧 시작된다는 강박관념으로 바쁘게 지내다 보니 어느새 2월이 되었다. 3월 새 학기 강의를 위해 이번에도 일찍 서울로 가 수강신청을 해야 했다.

"다시 간데이…."

"그래 꿈을 꼭 이루거라. 그런데 네 꿈을 내가 조금 사용해도 되겠지?"

석호가 물었다.

"마음대로, 언제든지!"

두 친구는 다시 헤어졌다. 장학금도 조금은 현철의 손에 쥐여주었다.

24. 2016년 2학기 (봄학기를…)

즐거웠던 겨울 방학을 끝내고, 아내와 손자와 헤어져 연세로 돌아오는 길은 착잡했다. 그러나 꿈을 이룬다는 희망은 여전했다. 걱정했던 1학기를 그런대로 끝내고 보니 자신감이 조금은 생겼다. 이번 학기도 역시 전공과목이기에 다소 힘이 들겠지만 노력하면 A도 받을 것 같았다.

몹시 추웠던 연세 교정에도 봄은 어김없이 오고 있었다. 고등학교 친구들도 만나 내방역 근처 "All you can eat."에서 새로운 한 해를 축하하는 모임으로 비록 2월이지만 마치 1월로 생각하고 소주잔을 기울여 보았다.

그가 가는 곳은 강의실, 학생 식당 그리고 도서관, 6층 #32번 지정 좌석은 그의 보금자리이다. 생각해 보면 도서관에서 그는 모든 것을 다 한다. 창문을 통해 본, 백양로 길에 개나리꽃이 피기 시작한다. 아직은 빈약해 보이는 망울들과 잎새들이다.

오후에는 강의가 없어 가끔 들어온 이메일을 보다, 현철은 깜짝 놀라며 반가워했다. 석호로부터 온 이메일이 있었기 때문이었다.

연세 교정은 한창 꽃이 피고 화창하겠지…

지난 학기 너를 도와준 아가씨, 강희 씨도 잘 있겠지? 모르긴 해도 강희 아가씨는 우리가 만났던 50년 전의 그 아가씨처럼 청순하겠지. 나는 네가 부럽다. 새로운 청년의 봄을 만끽하고 있으니…

한 가지 양해를 구한다. 그리고 용서를 구한다. 내가 너의 허락도 없이 소설집 『꿈』을 출판하게 됐어.

너의 꿈, 나의 꿈…. 너와 너의 손자의 아름다운 얘기를 슈만의 트로이메라이로 엮어 보았다.

네가 잘 아는 <문학나무> 출판사에서 네게 곧 책을 보낸다고 한다. 그리고 곧 시중에 출판, 판매될 거여.

석호.

현철은 이메일을 반복해서 읽었다.
'아! 어느새, 소설로 창작을 하다니… 그리고 소설책이 나온다니.'
그는 곧 답장을 했다.

석호! 나는 너로 인해 항상 행복하다. 한 번 태어나서 한 번 가는 길에 너를 만나, 친구의 인연이 되어 더없이 행복하다. 나의 꿈이 이루어지는 날, 너의 도움이 더욱 빛날 것이다. 고맙다.

2016년 3월 28일 월. 연세대학교 중앙도서관에서

현철은 이메일을 보낸 후 잔디밭에 누워 하늘을 보려고 청송대 숲속으로 갔다. 소나무 냄새가 향기로웠다. 주변에는 진달래, 개나리가 뒤엉켜 있어 마치 자연이 엉켜 대화를 한다고 생각했다.

"석호! 석호! 고맙데이…."

멀리서 "서어코오… 서어코오…."

메아리가 대답한다.

"석호, 이번에 나온 소설 『꿈, 트로이메라이』 대박치거라! 대박! 명작으로 남기 바란다. 아무도 따라오지 못하는 작품으로…."

이번 학기는 비교적 순조로웠다.

3월 16일, 현철의 아내가 미국에서 현철을 방문하러 왔다. 한 달을 같이 살게 되니 너무나 행복했다. 1970년, 겁도 없이 브라질에 가서 결혼한 후, 준비 없이 같이 LA로 왔던 그날보다 나았다.

현철이 학교에 간 사이에 그의 아내는 빨래도 하고 밥도 하고…

그동안 <햇반, 마켙 반찬>을 주로 먹었는데, 아내가 만들어 주는 신선한 밥과 반찬 맛이 좋았다. 아내에게 고마움과 미안함이 더했다. 71세 늙은 학생을 바라보는 아내의 마음이 어떨까. 무슨 마음일까. 주책이라고 할까, 아님 용감하다고 할까.

그러던 아내가 4월 9일 비행기를 타고 다시 미국으로 귀국하고 난 후 그에게 밀려오는 허전함은 공부보다 더 힘들었다.

그간 지켜본 바에 의하면, 여학생들이 공부를 더 잘했으며 진취적이었다. 늙은 학생인 현철과 같은 그룹을 한 학생들을 보면, 첫해는 여학생 3명이었다. 다음 해는 그를 좋아하는 21살 남학생 우성이와 여학생 강희가 70살 노인 복학생과 같이 공부한 그룹이었다. '강희와 우성'은 특별한 친구였으며 기억에 꽉 뿌리 박힌 아들과 딸이었다.

그의 하루하루는 비교적 외로웠지만 그래도 잊지 못할 감동의 날도 있었다. 6월 4일, 저녁. 연세로 현대백화점 앞을 지나가노라니 스피커에서 문득 여성 두 분이 아름다운 찬송가을 부르고 있었다. 마음이 울컥해지면서 그냥 지날 수가 없어 멈추어 섰다. 늘 그에게 용기를 주었던 찬송이었기 때문이었다.

"내 평생에 가는 길 순탄하여,
늘 잔잔한 강 같든지.
큰 풍파로 무섭고 어렵든지 나의 영혼은 늘 편하다.
내 영혼 평안해, 내 영혼 내 영혼 평안해…
-It is well with my soul-

그는 왈칵 눈물이 나서 누가 볼까 봐 뒤로 돌아섰다. 너무 그의 마음을 터치하였기 때문이었다. 태어나고 자란 조국에서 공부를 하고 있는데, 웬일일까? 이제는 여기가 조국이 아니고 여행자가 지나가는 타국이라고 느껴졌기 때문이었다. 그리고 늘 불안했다. 그런데 오늘 듣는 찬송, 한 곡은 그의 마음을 평안하게 해 주고 있었다.

그는 눈물이 많았다. 조그만 일에도 감동을 잘하고 조금만 도움을 받아도 너무나 고맙게 느껴 언젠가는 그도 그에 상응하는 일을 하고 싶었다.

그는 정이 많았다. 그는 긍휼(compassion-mercy)이 무엇인지를 몸소

체험했기 때문이었다.

그리고 2일 후-

그는 71세 생일을 맞았다. 도서관에 앉아 "어린 시절" 삼천포를 생각하다 보니, 어머니 손에 이끌려 교회에 가던 기억이 떠오른다.

"어머니… 보고 싶어요. 이제 저도 71세, 한국 나이로는 72살이군요."

도서관 책상에 머리를 박고 잠시 잠이 들었다. 어느새 해가 서편 하늘에서 작별을 하려고 하는 듯했다. 저녁 무렵이었다. 젊은 학생 파트너 강희와 우성이 가까이 오더니,

"선배님, 오늘 생신이죠?"

"어떻게 알았지?"

현철은 울컥 눈물이 나도록 고마웠다.

"전에 학생증에서 본 기억이 나서요… 나가서 식사하시지요, 저희가 한턱 쏘지요."

"아니! 아냐, 내가 쏘지."

학교 앞 피자집에서 소주 한잔 곁들여 생일 파티를 하다 보니 아들 생각, 손자 생각에 울컥해졌다.

"이게 인생사는 재미이다. 내게는 젊은 친구도 있어…."

"기말고사 잘 보세요, 선배님, 오늘 잘 먹었어요."

역시 기말고사는 긴장감과 노력을 요구했다. 쉽지는 않았다. 게다가 성적은 상대평가가 되니 A를 맞기는 쉽지 않을 것 같았다.

6월 18일 한 과목 시험을 남겨 놓고 있는 시점에 아내로부터 이메일이 왔다.

"여보, 라이안이 학교에서 연설을 했어요."

손자가 학기 말에 전체 학년을 대표해서 최우수 학생으로 전 학생들과 선생들 앞에서 한 연설이었다. 그는 손자가 천재라고 생각한다. 그것도 그럴 것이 손자는 다른 학생들에 비교해 몇 학년 앞섰으며, 인격으로도 성숙했기 때문이었다.

"어서 보고 싶다. 라이안…."

6월 20일 마지막 한 과목 시험을 마치고 나니 어느새 2학기를 마친 셈이었다. 시간은 흐른다. 어떤 방법으로든지 흐른다.

"야! 너 미국 가기 전에 춘천이나 한번 갔다 오자!"

고등학교 친구 승화가 차를 끌고 아파트 앞에서 기다렸다.

"댕큐!"

춘천으로 가는 길에 막국수를 먹었다. 우아한 양식보다 더 입에 맞는 것으로 보아 아무리 미국에 오래 살았다 한들 그는 자신을 한국 토종이라고 생각했다.

6월 25일, 1차 정리를 한 후, 미국으로 오는 비행기에 올랐다.

"손자야, 할아버지가 간다. 기다려라."

그의 책가방 속에는 <문학나무> 출판사로부터 온 석호의 소설집 『꿈』이 한 권 들어 있었다. 비행기 속에서 정독해서 읽은 『꿈』은 현철과 손자의 얘기였다. 헤어지고 만나는 얘기였다.

"슈만의 꿈을 아시나요. 나는 손자다. 손자는 나다. 나는 할아버지다. 할아버지는 손자다. 손자의 꿈에서 할아버지가 나오고, 할아버지의 꿈에서 손자가 나왔다."

12시간 비행 후, LA공항에 내리니 그를 기다리는 "꿈(손자)"이 달려와 그를 포옹했다.

"라이안(Ryan)! 내 새끼…."

그의 눈에서 짠한 눈물이 흘러내렸다.

25. 2016년 가을, 3학기

현철이 맞는 3학기는 전공과목보다 교양과목을 택하고 보니 훨씬 재미있고 할 만했다. 수강 신청도 강희 양의 도움으로 쉽게 마칠 수 있었다. 수강 신청을 마친 후 강희 양(같이 공부한 학생-많이 도와줌)이 감동스러운 듯이 말했다.

"이제 선배님을 보니 생각나는 시가 있습니다."라며 사무엘 울만의 청춘이라는 시를 선물했다.

"청춘이란 인생의 어떤 한 시기가 아니라 마음가짐을 뜻 하나니, 청춘이란 두려움을 물리치는 용기. 그대는 여든 살이어도 늘 푸른 청춘이네."라고 했다.

시작이 좋았다. "그래, 그대는 72살이어도 늘 푸른 청춘이네."

그동안 학제가 바뀌어 4학기로 끝내지 못하고 5학기를 해야 하니 결국 2년 반을 더 해서 졸업하는 결과가 되었으나, 어쩔 수가 없었다. 그를 새롭고 발랄하게 만드는 것은 평소에 잘 못 느끼며 살아왔던 인문학, 즉, 문학, 역사학 그리고 철학(문,사, 철)에서 새로운 삶을 찾게 된 것이다. 세계문학 감상, 여행, 글쓰기, 한문 공부는 새로운 분야였다.

놀라운 것은 한 번도 읽지 않았고 생각하지도 못했던 "카라마조프의 형제", "앵무새 죽이기", "뻐꾸기"와 같은 대작을 읽고 그 독후감을 쓴다고 하는 것은 그의 일생에 처음 겪는 사건이었다.

무엇보다도 그를 당황케 한 것은 신도림역에서 생긴 사건이었다. 9월 7일이었다. 지하철에서 내려 지난 1년 반, 다람쥐처럼 다녔던 건널목에서 파란불이 켜져 길을 건너는데 순간 '아찔'하면서 마치 심장마비 환자나 중풍을 당한 듯이 그는 길가에 풀썩 쓰러지고 말았다.

주위 사람들이 웅성거리다가 마침 중국에서 유학 온 한 청년이 그를 일으켜 세웠다. 그러나 그는 정신을 차리지 못하고 비틀거렸다.

누군가가 응급으로 구급차를 불렀다. 순식간에 구급차가 달려와 응급 처치를 한 후 신도림병원으로 이송했다. 그날 저녁 그는 병원 응급실에서 진찰을 받은 후 별 이상이 없어 집으로 보내졌다.

집에 오니 구리시에 사는 둘째 아들 내외가 달려와 있었다.

"대디. 아유 오케이? Dad, are you Okay?"

한국 땅에서 듣는 영어 대화였다.

"내가 왜, 여기 한국에 와 있지? Why am I here, Son?"

그러고 보니 그는 한국도 아니고 미국도 아닌 국적이 애매한 상태임을 망각하고 있었다.

다음 날 아침, 그는 평일처럼 일찍 일어나 버스로 그리고 지하철로 신촌역을 거쳐 연세로 통근했다. 다행히 몸에 이상이 없었다.

그리고 일주일 후, 추석 전날 저녁, 이재동 박사 부부가 초대를 해 주었다. 그 집에서 푸짐한 저녁 식사를 하고 보니 추석을 미리 당겨서

한 기분이었다.

어린 시절 삼천포에서 성묘를 다니던 기억이 어렴풋이 떠올랐다. 추석날, 성묘 대신 그는 도서관으로 향했다. 오늘도 학생들은 자리에 빽빽이 앉아 공부하고 있었다.

"와! 직업전선과 교육, 취업준비생들에게는 추석도 없군. 젊은이들의 딜레마로군."

그는 기가 찬 듯 말을 했다. 다소 우울한 추석, 도서관에 틀어박혀 책만 보며 홀로 됨을 잊기로 했다. 그러나 사정은 100% 달라졌다. 1주 후, 고등학교 친구인 정훈과 미국에서 온 석호로부터 뜻밖의 전화를 받고 "그래, 나도 친구가 있어!"라는 기쁨이 솟아올랐다.

"야, 현철아! 나 어제 왔어. 장모님이 아프셔서 위문차 왔어. 내일 정훈이하고 학교로 갈게, 볼 수 있겠지?"

"물론이지! 4시에 교문 앞에서 기다리마."

다음 날, 오후 4시 5분 전, "연세대학교(Yonsei University)"라고 쓴 돌판을 배경으로 인증샷을 찍으며 그들은 즐겁게 웃었다.

"한잔하자!"

먼 옛날, 황태자의 첫사랑이라는 영화에서 힘차게 노래를 부르던 마리오 란자처럼 흥얼거리며 늙은 대학생과 늙은 두 친구는 맥주를 들이켰다. 신촌 지하철역 2번 입구 근처에 있는 맥줏집엔 젊은 학생들로 붐볐다.

"아, 선배님! 여기 계셨군요."

현철을 알아본 학생이 아는 척했다. 그도 그럴 것이 늙은 학생에 관한 신문 기사가 여러 차례 연세춘추에 올라와 웬만한 학생들은 다

알고 있었기 때문이었다. 63학번 손현철은 이미 학생들 사이에서는 영웅으로 알려져 있었다.

거창하게 아리스토텔레스의 말을 인용하면, "친구란 두 개의 몸에 깃든 하나의 영혼"이라고 했는데 그들은 "세 개의 몸에 깃든 하나의 영혼"이었다.

세 개의 감정이입(Empathy)에 의해 그들은 하나가 되었다. 현철은 행복함을 느꼈다. 15살, 고1 때부터 72살 지금까지 변함없는 우정이 계속되었기 때문이었다. 죽마고우란 목숨을 주어도 아깝지 않은 사이가 아닌가.

"현철아! 자, 한 잔 더 하자. 나, 너한테 감사할 일이 있어. 축하해 주게."

"축하? 무슨 일인데?"

"나, 이번에 미주문학상(美州文學賞)[3]을 받게 됐어. 수상 작품은 놀라지 말게. 소설집 『꿈』 속에 들어 있는 단편 소설 「꿈, 트로이메라이」 할아버지와 손자 이야기여. 바로 네 얘기여!"

"야! 짜식, 진작 말하지."

"상금도 있어. 돈 말여."

"자, 축하해! 나 그럴 줄 알았어. 건배!"

사실이 그러했다. 석호는 미주 최대 문학상인 미주문학상에 소설집 『꿈』으로 도전해 수상을 하게 되었다. 현철도 이번 학기에 세계 명작 강좌를 신청하면서 문학에 매료되기 시작했다.

---

[3] 미주문학상은 미국과 캐나다에 거주하는 등단, 한국 소설가, 시인들에게 매년 주어지는 미주 최고의 문학상이다.

『오만과 편견』, 『카라마조프의 형제』, 『뻐꾸기』, 『앵무새 죽이기』를 영화로, 활자로 읽으면서 문학의 즐거움을 맛보기 시작했다. 그 결과 현철은 얼마 전부터 일기를 쓰기 시작했으며 산문과 시를 써 보기로 마음을 먹고 있었다.

"석호! 나도 글을 써 보려고 하네. 할 수 있겠지?"

"물론이지. 모르긴 해도 너는 걸작, 아니 세계 명작을 쓸 것 같아."

"와- 정말?"

현철은 놀란 듯이 말했다.

"나도 그렇게 생각하네."

말이 없는 친구 정훈이도 동조했다.

"늦게 된 작가, 숨어 있던 작가가 글을 쓰기 시작하면 분명 대작-걸작이 나온다네. 나는 그걸 믿네. 누가 아나? 오늘이 그 시작인 줄."

석호가 거들었다.

"석호, 네가 가르쳐 주면… 지도해 주라."

현철은 노골적으로 석호에게 부탁했다.

"문호는 누구에게 배우는 것이 아냐! 스스로 만들어지는 것이 문호야. 자! 손현철 문호를 위해 건배!"

정훈이 옆에서 큰 소리로 말했다.

"그래, 건배! 건배! 건배!"

세 친구의 몸속에 하나의 영혼이 마음껏 즐거워하는 저녁이었다.

10월 17일, 가을이 점점 짙어 간다.

문득 반전 시인 밥 딜론이 생각났다. 현철은 자신이 월남 참전을 했기에 밥 딜론의 마음을 이해할 것 같았다.

"사람은 얼마나 많은 길을 걸어야 사람이라고 불리울 수 있을까? 흰 비둘기는 얼마나 많은 바다를 건너야, 모래밭에서 편안히 잠들 수 있을까?"

현철은 생각한다. '내 꿈이란 단지 학위증서를 받는 것이 아니다. 이렇게, 이렇게 무엇인가 배우는 그 자체이다.'라고

도서관은 그에게는 포근한 안식처였다. 공부하고 생각하고 그리고 가끔은 잠도 잔다.
"선생님, 코를 골았어요."
학술관 3층 사서가 그를 깨운다.
"아이구, 미안, 미안, 미안…."
그는 미안하다는 말만 여러 차례 했다. 하루 잠자는 시간이 고작 5시간 정도가 되니… 낮에는 졸릴 수밖에, 당연했다. 70 나이에 공부를 한다는 것이 쉽지 않았다. 과제물을 다 해야 하고 밥도 하고 빨래도 하고.

"그래도 나는 할 수 있다. 비록 심장 수술도 받았고, 약 복용도 하지만, 이왕 시작한 일, 완수할 것이다."라고 그는 다짐해 보았다.
『앵무새 죽이기』를 읽어 보면, 피부 색깔이나 문화의 차이가 있어도 색깔은 인간의 마음속을 조절하지 못하듯이, 아무리 나이가 많아도 앵무새를 죽일 수는 없지 않은가….

이번 가을 학기에 특별한 것은 피자 클럽에 가입해 젊은이들과 같이 보낸 시간이었다. 없는 돈과 빡빡한 시간이지만 그는 후배들과 어울리고 같이 즐겼다. 베풀고 싶어서 그 모임에 참석했다.

가을은 점점 깊어 간다. 연세 캠퍼스에 단풍이 절정인 것 같았다. 교문을 들어서면서부터, 연희관, 노천극장, 청송대, 총장공관 주변이 온통 한 폭의 수채화이다. 그는 고등학교 때부터 연세에 입학하고 싶었으며 1963년 입학 후 그리고 70 노인이 되도록 연세를 사랑해 왔다.

그는 말한다. 그는 여기 연세에서 죽을 거라고….

"나만 아니라. 석호, 너도 연세를 사랑하지… 너도…."

현철은 석호에게 언제가 물어본 적이 있었다.

"그래 나도. 연세인이여!"

그들은 손바닥을 마주친 적이 있었다.

11월이 되면서 점점 추워진다. 현철에게는 유달리, 몹시 춥다. 이유가 있었다. 지난 50년 따뜻한 칼리포니아에 살았기에 추위에 대한 면역이 떨어졌다. 그리고 2006년에 받은 Open Heart 수술 이후 그는 유달리 추위를 느꼈다. 12월이 되었다. 학기를 마무리하는 즈음, 영하 6도로 내려간다.

완전 무장하고 학교에 간다. 그러지 않고는 쓰러진다. 문학감상 class를 종강한 후 "나는 『카라마조프 형제』를 5번 읽었고, 2번 영화로 보았고 교수의 동영상을 13번 빠지지 않고 들었으며 결석이나 지각도 하지 않고 이 과목을 끝내고 보니 내가 나를 존경하게 됐습니다."라고 그는 고백했다.

그는 복학의 즐거움을 느끼며 공부가 이렇게 재미있는 줄 몰랐다. 다시 태어나면 그는 교수가 되고 싶다고 스스로를 피력했다.

이번 학기는 정말 재미있고 보람 있게 좋은 성적으로 마치고, 학교 앞에 있는 창천교회에 나가 기도를 드렸다. 감사하다고….

Ryan(라이안)이 보고 싶다. 손자가 보고 싶어 학기 시험이 끝나자마자 그는 12월 23일 서울을 떠났다. 서울과 LA를 오고 가는 것이 유달리 힘들었다. 늙어서 그렇다고 그는 생각했다.

26. 2017년 봄학기
건강진단

현철이 미국으로 돌아온 후, 새해의 아침에 "송구영신" 예배를 가족들과 맞았다.(2016년 12월 31일 밤 10시 시작-2017년 1월 1일 새벽 1시) 설날의 떡국은 집으로 돌아가 손자, 손녀들의 세배를 받으며 함께 먹으니 천국이 따로 없었다.

한편, 석호는 외과 의사에서 은퇴한 지 1년 반, 소설가로 변신하여 대망의 <미주문학상>을 받은 지가 불과 2개월 전, 한국 신문과 한국 문인들 사이에서 선망의 대상이 되었다.

소설집 『꿈, 트로이메라이』는 많은 사람들에게 읽혀져 이메일을 통한 댓글도 심심치 않았다. 석호는 잠시 자신의 건강을 돌아보아야 했다. 지난해부터 생각보다 힘이 들며 치아가 나빠지기 시작했기 때문이었다.

"우선, 건강 검사를 해 보기로 하지… 평생 안 해본 위장 내시경도

하고…."
　건강진단의 풀랜을 주치의의 지시에 따라 계획했다. 돌이켜 보면 석호는 의사이긴 하지만 자신의 건강을 돌보지 않는 것이 걸림돌이었다. 한국 군대 시절에 고생했던 결핵성 늑막염, 수련의 시절에 얻은 B형간염, 교통사고로 얻은 척추와 다리의 통증 등도 검사의 대상이었다.
　모르긴 해도 오랫동안 지속되어 오는 B형간염은 간경화 내지 간암으로 발전되어 생명을 단축할 수도 있기에 외과 의사 강석호는 그와 같은 재앙에 마음의 준비가 어느 정도 되어 있었다.
　'혹시라도 간암이 발견되지 않을까…'라는 걱정이 앞섰다. 2주에 걸친 건강진단은 엉뚱한 현실로 드러나게 되었다. 걱정했던 간에는 이상이 없으나, 뜻밖에 왼편 신장(Kidney)에 악어 같은 놈이 하나 들어 있어, 석호를 모질게도 하루하루 죽이고 있었다.
　"신장암이라고? 게다가 그 크기가 그렇게 크다니."
　신장암 진단을 받은 석호는 문득 신장암으로 죽어 간 몇몇의 환자들의 얼굴이 떠오르자 그는 눈을 감았다. 신장암으로 죽었던 몇몇 환자들의 처참했던 모습이 일그러져 보였기 때문이었다. 석호 그도 인간인지라, 죽음 앞에서 그에게 엄습해 오는 공포를 어쩔 수가 없었다. 두려웠기 때문이었다. 특별히 고등학교 동기동창이 몇 년 전에 소변에 피가 나온다고 찾아왔는데, 이미 신장암이 온몸에 퍼진 후였음을 알게 되었을 때 친구를 위해 해 줄 수 있는 일이 없었다.
　그 친구는 3개월 항암치료를 받는 중에 세상을 떠나고 말았다.
　"이제 나도 친구처럼 죽는구나…."

석호는 체념하는 마음이었다. 그런데 정밀 검사를 해보니, 오른쪽 신장은 건강했으며 천만다행히도 왼편 신장 주위에 전이된(퍼진) 흔적은 전혀 없기에 수술이 가능하다는 소견에 그는 희망을 걸었다. 왼쪽 신장을 완전히 제거해버리기로 결정을 보았다. 그래도 살 수 있는 확률은 50%, 50%가 아닌가…. 며칠 동안 석호는 아무에게도 말하지 않고 혼자 고민하고 있었다.

며칠 후, 친구 석호로부터 건강진단의 결과를 보고 받은 현철도 놀랐다.

"석호! 걱정 말어. 넌 분명 회복돼. 나도 그랬어, 생각나니? 내가 심장 수술 받던 것을?"

2006년이니 어느새 11년 전이었다. 당시 현철은 심장병으로 인해 죽음 앞에서 헤매지 않았던가….

"석호! 내 평생에 가는 길 험하여도… It is well, It is well… 이 찬송을 불러보게나. 나도 부를게. 그리고 널 위해 기도하마."

"고맙네."

현철의 충고는 큰 도움이 되었지만 그럼에도 불구하고 새벽 2시, 3시에 눈을 뜨면 잠에 들지 못하고 캄캄한 방 속에서 공포를 느끼다 보면 새벽녘에 지쳐 잠이 들기도 했다.

"나, 죽으면… 나는 어찌 되지? 영은 하나님을 따라가고, 육은 땅에 묻히고…."

어찌 보면 하나님을 믿는다고 했지만 아직 그런 믿음의 단계는 아닌가, 하는 생각이 석호를 괴롭혔다.

"나는 아직 신앙이 부족하구나, 믿음이 적어…."
그는 눈물로 힘을 달라고 기도를 올렸다.

수술을 3일 앞둔 캄캄하고 음산한 밤.

석호에게 가장 큰 고민은 그동안 창작해 놓은 작품들, 특히 발표되지 않은 몇몇 작품들에 대한 걱정이었다. 그가 죽으면 그 작품들은 그의 컴퓨터에 들어 있다가 컴퓨터가 없어지면서 자연히 그 작품들도 지구상에서 사라지는 셈이다. 작품마저 죽을 수는 없다고 생각했다. 그러려면 어딘가에 저장하여야 했다. 아니 차라리 누구에게 보내면 될 것 같았다. 결국 현철에게 작품을 보내기로 마음을 먹었다.

"현철아! 내가 써 둔 작품들을 네게 이메일로 보내니 보관하고 있거라. 혹시 내가 죽으면, 네가 할 수 있다면 발표해 주면 고맙겠네. 그리고 네 꿈도 이루거라…."

작가, 소설가 강석호는 그가 죽는 것은 어쩔 수 없는 운명이지만 그가 쓴 작품들은 언젠가 책으로 발표가 되면 죽은 강석호가 다시 살아난 것이라고 믿고 있었다.

"석호! 걱정 마라. 잘 저장하고 있다가 만일 네가 살아나지 못한다면, 내가 너를 위해 출판해 준다. 그러나 너는 살아난다. 알겠나!"

"알았어. 하여튼 부탁해…."

일단 이메일로 모든 작품들을 현철에게 보내고 나니 석호의 마음은 안심이었다. 그리고 평안이 찾아왔다.

"내 평생에 가는 길 험하여도… 평안해. 평안해…."

그는 여러 차례 찬송을 불렀다.

'이젠 죽어도 좋다. 현철에게 부탁했으니…'

석호는 잠을 잘 수가 있었다.

며칠 후, 석호는 예정대로, 왼쪽 신장과 주위 임파선 등을 제거하는 대수술로 다시 살아나게 되었다. 제2의 인생이 시작되었다.

수술 후 마취에서 깨어나 눈을 뜨니 아내가 곁에서 간호하고 있었다. 반갑고 고마웠다. 아내가 그의 손을 잡고 빤히 내려다볼 때, 그는 마침내 그가 살았다는 것을 확인하게 됐다.

"고마워. 여보. 하나님의 은혜로 다시 살았네."

그는 더 이상 할 말이 없었다. 하나님이 그에게 긍휼(Mercy-compassion)을 베푸셨음을 알게 됐다. 며칠 후, 퇴원한 석호는 그동안 원고를 맡아주었던 현철에게 이메일을 보냈다.

"졸작을 맡아 줘서 고마웠다. 비록 졸작이기는 하나 내게는 세계 최고의 명작이라네."

"석호! 다시 살아난 것 축하한다. 이제 다시 명작 한 편 써보려무나. 네가."

"내가? 아녀, 우리 한번 같이 명작을 한 편 써보자. 해보자! 우리 공동 저자가 돼 써 보자. 너와 나."

믿기지 않는 제안이었다. 과연 공동으로 창작된 소설이 있었는가? 들어본 적이 없었다.

27. 어수선했던 4학기(봄)

생각하지 못했던 석호의 수술로 인해 현철의 봄 학기는 어수선했다. 친구가 죽을 지도 모르는 상황에서 부탁한 원고를 보관하면서

"나도 일기를 쓰는 것은 물론 나의 회고록도 쓰자."라고 생각했다.

그동안 그를 도와주었던 강희 양도 졸업하고 보니 혼자, 스스로 하게 되었다. 그런데 이런 일들이 막힘없이 잘 되었다. "해보니 되네!"라는 탄성이 나왔다. 뿐만 아니라 하루하루가 경이로운 날임을 알게 됐다.

경이로울 것이라곤 없는 시대에 나는 요즘 아침마다 경이와 마주치고 있다. 이른 아침 뜰에 나서면 하루가 다르게 꽃망울이 영글고 산책길 길가 소나무엔 새순이 손에 잡힐 듯 쑥쑥 자라고 있다.

졸업을 한 강희 양이 때맞춰 이메일로 시를 보내 주었다. 현철에게는 큰 격려가 되었다.

그러고 보니 2017년은 현철의 아내, 그녀도 70세가 되었다.

'나 같은 사람을 만나 고생도 했고 실망도 했으니… 미안하다. 미안. 멀리 미국에서 얼마나 마음 상할까… 어서 공부가 끝나야 하는데, 생각보다 더딘 것이 안타까웠다.' 현철은 오늘따라 아내에게 미안한 마음이 돋았다. 문득 신도림역에서 본 시가 생각났다.

잘못 들어선 길은 없다. 길을 잘못 들어섰다고 슬퍼하지 마라, 삶에서 잘못 들어선 길이란 없으니 온 하늘이 새의 길이듯, 삶이 온통 사람의 길이니….

그렇다! 잘못 들어선 길은 없듯이 나의 길도 잘못 들어선 길은 아니다. 72살 노인이 들어선 복학생의 길도 결코 잘못 들어선 길이 아니라고 그는 생각했다.

벚꽃 눈

2017년 4월 11일, 2호선 신촌역에서 하차, 지하통로를 나오자 그의 눈을 의심케 하는 광경. 연세로와 철도길 굴다리에 떨어져 있는 벚꽃. 마치 눈을 보는 듯했다. 현철은 문득 시를 쓰고 싶은 생각이 났다. 아니 영감이 생겼기에 시를 썼다. 마침내, 그의 처음 시가 탄생했다.

> 4월 11일에도 눈이 내리는가 보다. 자세히 보니 벚꽃 눈이다.
> 며칠 전 피었다가 오늘부터 시들어 지나 보다.
> 바람이 많이 분 탓이겠지. 아직도 나무에는 많은 잎이 있는데, 연세로 양쪽에 핀 벚꽃이 막 시들기 시작하면서 이루어낸 풍경.
> 꽃을 밟고 연세 정문으로 왔으니 오늘은 틀림없이 좋은 날일 거라 생각해 보았다.

시 같지도 않은 시, 그러나 그에게도 시심이 생기고 있으니 그는 기쁠 따름이라고 고백했다.(중앙도서관에서)

어느새 5월, 수술을 받고 치료 중인 석호로부터 소식이 왔다. 모든 것이 잘 회복돼 글도 쓰고 평상대로 하고 있다고 했다. 신장암 수술은 잘 됐으나 앞으로 재발 여부를 알기 위해 3개월, 6개월 그리고 1년마다… 5년을 관찰해야 한다고 했다.

> 당신의 사랑으로 응달지던 내 뒤안에 햇빛이 들이치는 기쁨을 나는 보았습니다. 어둠 속에서 사랑의 불 가로 나를 가만히 불러내신 당신은 어둠을 건너온 자만이 만들 수 있는 밝고 환한 빛으로 내 앞에 서서 들꽃처럼 깨끗하게 웃었지요. 아- 생각만 해도, 참- 좋은 당신

"우리 힘을 내자… 꿈이 있잖아!"
현철은 석호에게 이메일로 우정을 고백했다. 현철은 어느새 완숙한 시인이 되고 있었다.

선처 요망
이번 학기에는 말하기와 토론, 글쓰기, 독후감과 같은 과제를 위해 학생들끼리 조를 짜서 모임을 해야 했다. 그러다 보니 무작위로 자리를 지정해 주었는데, 강의실 뒤쪽에 자리가 주어졌다. 72살이 되고 보니 잘 듣지 못하고 잘 보질 못하므로 아주 불편했다.
부득이 교수에게 선처 요망이라는 제목으로 편지를 보냈다.

> 선처 요망: 교수님께 선처를 바랍니다. 청력과 시력이 약한 관계로 앞좌석이 필요할 때가 있습니다. 조원들과 의견을 나눌 때 제자리로 돌아갈 것입니다.
> 　　　　　　　　　　할아버지 복학생 손현철 올림.

학교를 다니는 것은 사람과 사람의 관계이다. 사회적 공감정서라고나 할까. 50대, 60대 교수와 만나 얘기하는 것과 40대 교수와 만나 대화하는 것에 차이가 있었다. 그는 그간 한국 사회에 큰 변화와 격리가 있음을 알게 되었다. 30, 40대는 전교조로 인해 좌경화된 생각이 많았다. 그러기에 어느 경우는 대화가 단절되기도 했다.

독서 클럽을 통해 읽은 『오만과 편견』은 1971년 그의 결혼을 생각하게 하는 시간이었다. 생각보다 공부가 재미있었음은 인문학과 문학이었기 때문이었다.

50년 재상봉

2017년 5월 13일은 1963년 입학하여 1967년에 졸업한 졸업생들이 학교를 찾는 50년 재상봉의 날이다. 석호의 경우는 의과대학이라서 2년 후인 2019년에 해당된다. 그러나 현철은 특수한 입장이었다.

입학한 연도로는 2017년이나 졸업을 2018년에 하게 된다. 그러나 학교 측에서는 금년에 50주년으로 같이 참석하도록 배려를 해 주었다. 감격적이며 의미 있는 행사였다. 옛 친구들 중에 죽은 사람도 꽤 되었다. 그리고 졸업 후 처음 보는 친구도 여럿 있었다. 50년 반세기는 긴 세월이었음에 틀림이 없었다. 세월 앞에서 덧없이 늙어 가고 있었다.

인터뷰와 칭찬 편지 공모상 수상

"50년 만에 돌아온 은빛 복학생"이란 타이틀로 어느새 두 번 인터뷰를 하였기에 학교에서 그는 곧잘 알려졌다. 같이 공부를 한 젊은 학생들은 실제로 그를 통해 감명을 받았다고 진술했다. 이제는 학생은 물론 교수들 사이에서도 잘 알려진 늙은 은발의 복학생으로 알려졌다.

한 가지 큰 경사가 있었다. 이번 학기에 그는 특별한 상을 받았다. "칭찬 편지"의 공모전에서 최우수상을 받았다. 그가 쓴 칭찬 편지는 다음과 같았다.

> 나는 1963년에 연세에 입학, 1965년 3학년 1학기를 마치고 군에 입대, 월남파병 후 제대, 복학을 미루고 1968년 10월 미국에 가서 지금까지 49년 살고 있다. 50년 만의 복학, 연세에서 학업을 이어가는 행복을 누리고 있다. 연세를 자랑하고 칭찬하고 싶은 것이 네 가지 있다. 첫째: 도서관 시설은 세계 어느 곳과 견주어도 손색이 없다. 둘째: 개설 강의가 다양하여 대학교육에 인문교육과 인성교육이 강조되고 있음을 보여주고 있다. 셋째: 학생들의 학구열이다. 작년 추석에 도서관을 이용하려고 했는데 자리가 없었다. 넷째: 교수님들의 열성과 연구가 돋보였다. 백양로 재창조로 편리한 캠퍼스가 되었고 특히 명당자리에 위치한 대학의 분위기가 만학의 기쁨을 주고 있다. 세계를 향해 나가는 연세. 연세인이 됨을 자랑스럽게 생각하여 칭찬을 보냅니다.

화제의 인물-1과 2.

현철에 관한 기사는 연세춘추 대학 신문을 넘어 일간지, 조선일보에서도 기사로 알려 주었는데 그 타이틀이 거창했다.

"졸업 후에도 자주 한국에 들어와 교정을 거닐고 도서관에서 책을 읽고 싶다."

이 기사가 말해주듯이 현철은 항상 도서관에서 공부를 했음을 알려주고 있었다. 도서관은 그의 가정이요, 안식처였다. 가끔 잠도 자기도 했지만. 그의 입에서는 이제 자연스럽게 시 귀절이 흘러 나왔으니 은빛의 머리에 맞게 고상한 노인이었다.

12월 말, 종강 피자 파티로 모인 자리에서 그는 그가 존경하던 윤동주 시인의 시 한 편을 읊었다.

내를 건너서 숲으로, 고개를 넘어서 마을로, 어제도 가고 오늘도 갈, 나의 길 새로운 길, 민들레가 피고 까치가 울고, 아가씨가 지나고 바람이 일고, 나의 길은 언제나 새로운 길, 오늘도 내일도, 내를 건너서 숲으로 고개를 넘어서 미을로···.

힘은 들었으나 즐겁고 보람된 2017년 봄학기가 끝나고 다시 돌아온 로스앤젤스···. 아내가 있고 손자가 있는 얼바인(Irvine)과 그의 집, 뮤리에타 있는 그의 집은 포근 휴식과 화평이 있는 안식처였다.

그가 성가대원으로 섬기는 베델 한인교회와 친구 석호가 그를 기다리고 있으니 결코 외롭지 않았다. 친구는 많을수록 좋지 않은가···.

"비록 나물 먹고 물 마시고 팔베개로 잠을 잔다고 해도, 친구가 있어 나를 기다린다면 이 어찌 낙원이 아니랴…."
그는 한시 한 구절을 읊었다.

28. 2017년 가을 학기 (5-마지막 학기)

집으로 돌아온 현철은 우선 건강진단부터 했다. 걱정했던 심장은 그런대로 힘차게 박동하고 있었다.

"청춘예찬에서 읽은 박력 있는 심박동은 아니지만 정상입니다. 아직까지는 잘 견디고 있군요."

심장과 의사는 약 처방을 주면서 격려해 주었다.

"이번에 가면 마지막 학기입니다. 곧 졸업이지요…."

"와우, 어느새…."

의사는 엄지손을 치켜 올렸다.

현철은 일요일이면 어김없이 5시에 일어나 준비하고 6시 반에 직접 운전대를 잡고 아들과 교회가 있는 얼바인으로 드라이브한다. 교회에 도착해 성가 연습을 한 후 2부 예배를 드린다. 잠시 쉬었다가 다시 성가 연습을 한 후 아들, 손자와 같이 점심을 먹는 것이 가장 행복했다. 손자 라이안과 보내는 시간이 가장 즐거웠다.

이번 여름방학이 공식적으로는 마지막 방학이 된다. 이번 가을 학기부터는 그간 살아온 "나를 조명해 보는 회고록(回顧錄)"을 써 보려고 현철은 마음먹었다.

한국의 7월과 미국 얼바인의 7월은 여러모로 다르다. 뮤리에타 집에 심은 청포도가 싱그럽게 알알이 열리고 있었다.

"내 고향 7월은 청포도가 익어 가는 시절. 이 마을 전설이 주 저리주저리 열리고 먼 데 하늘이 꿈꾸며 알알이 들어와 박혀…."

이제 현철은 웬만한 시를 자연스레 노래하는 시인이 되었다. 일요일 오후, 반스 앤드 노블 서점에서 현철은 손자와 석호를 같이 만났다. 석호의 손녀는 현철의 손자와 같은 나이이다. 공부도 잘하지만 축구를 잘한다. 마치, 청포도를 바라보는 심정으로 손자, 손녀들을 바라본다. 마치 손주뻘 학우들과 연세에 공부하는 "공부 삼매경"과는 아주 다른 마음으로 정작 손주와 손녀들을 바라보게 됨은 아마도 DNA 때문이 아닌가 생각해 본다.

이제 마지막 학기를 위해 멈출 수 없는 하늘의 열정을 부르며 차곡차곡 준비를 한다.

"내가 살아가는 동안에 할 일이 또 하나 있지. 바람 부는 벌판에 서 있어도, 나는 외롭지 않아…."

마지막 학기를 위해 노래를 부르며 태평양을 다시 넘었다.

2017년 8월 7일 현철은 마지막 수강 신청을 시작했다. 학제가 바뀌었기 때문에 5학기를 다녀야 했다. 그는 지난 4학기를 통해 거의 다 학점을 취득하고 5학기는 더 할 것이 없었다. 영어 2학점, 체육, 요가로 1학점, 결국 3학점이 고작이었다. 이번 학기는 괜히 하는 느낌이나 그래도 즐거웠다. 대학 생활은 어쨌든 즐겁고 보람차기 때문이다. 이번 학기는 공부보다 그를 만들어 보는 학기가 되어야 했다.

자서전(回顧錄)을 쓰기 시작하다

8월 24일, 그는 그의 일생 중 복학 2~3년의 세월을 중심으로 자서전을 쓰기 시작했다. 도서관에서 주로 하루에 1~3페이지 정도를 꾸준히 쓰기 시작했다. 아울러 모아둔 사진을 하나하나 찾아서 모으기 시작했다.

"매일 쓴다. 그냥 쓴다. 문학 작품이 아니라도 좋다."

이번 학기에 그는 8권의 명작을 읽게 된다. 그가 선택한 과목 중에서 과거에 읽어 보지 않은 명작이 대부분이었다. 한편 그는 친구 석호로부터 글쓰기에 관한 동기를 강력하게 전수 받았다.

특별히 석호가 창작한 단편과 장편을 읽고 그의 자서전에 생생한 부록으로 올리기로 했다. 다음과 같은 작품들이었다.

1. 꿈-트로이메라이
2. 아버지의 마음은 어디로 갔나
3. 망각의 사랑
4. 『두만강 다리』 -장편, 탈북자의 얘기

이 중 탈북자들의 애탄 소설 『두만강 다리』는 LA 한국사회에서 신문에 소개가 되었을 만큼 잘 알려진 소설이었다. 현철은 석호가 쓴 장편소설, 『두만강 다리』를 읽고 그 책을 총장실로 직접 찾아가 총장에게 선물하였다.

"웬 소설을 주십니까?"

"내 친구 기억 나시지요? 언젠가 총장실로 찾아왔던 재미 교포,

연세 동문."

"아! 그 선배님? 알죠. 알죠."

"맞습니다. 그 친구. 의사 소설가…."

그리고 며칠 후, 총장은 이메일을 통해 소설가 석호에게 직접 감사의 답신을 보냈다.

> 안녕하십니까? 강석호 소설가 님! 손현철 동문을 통해서 보내 주신 작품 잘 잘받았습니다. 저는 평소 창의성은 '경계에서 피는 꽃'이라는 지론을 갖고 있습니다.
>
> 보내 주신 의학 소설 『두만강 다리』는 강석호 동문님의 46년간 의사생활 경험과 문학애의 정진이 담긴 창의적인 노력의 결실이라고 생각합니다. 총장이 된 후 저는 미주 동문회 동문님들께서 조국과 모교를 사랑하시는 마음에 감동을 받을 때가 많습니다. 귀한 책을 보내 주셔서 다시 한번 감사드립니다.
>
> 세계 곳곳에서 활동하고 계시는 동문님들의 활약에 걸맞게 모교도 앞으로 더욱 자랑스러운 연세가 되기 위해 노력하겠습니다. 더워지는 날씨에 내내 건강하십시오.
>
> 2017년,
> 총장 김용학 드림.

총장으로부터 온 이메일을 읽은 석호는 반가움과 놀라움을 갖고 즉시 현철에게 이메일을 보냈다.

현철아!

와, 세상에 총장이 내게 편지를 보냈어. 세상이 놀랄 일이여. 하여튼 고맙고 훈훈한 마음이다. 친구야!

석호가.

그리고 석호는 총장님에게 이메일로 답을 하였다.

총장님!

뜻밖의 귀한 편지를 받고 김용학 총장님을 특별히 기억하겠습니다. 연세를 사랑하는 동문들이 정말 여기저기에 많이 있습니다. 저와 손현철 우리도 그들 중 하나입니다. 2015년 8월 63학번 노인 학생으로 복학할 때 '그래 늙었지만 한번 해 보라구! 네 꿈인데.'라고 격려하며 보냈지만 늘 걱정이 됐었습니다.

그리고 친구는 서울로 갔습니다. 저는 학부형이 됐구요. 그리고 그는 최선을 다하고 있습니다. 흰머리 날리며. 바쁘신 중에 혹시 LA에 오시면 63학번 강석호를 불러 주십시오. 연락주시면 언제고 Yes Sir! 하겠습니다. 감사합니다. 2015년 9월 친구를 만나러 가서 찍었던 사진 한 장도 부쳐 드립니다.

강석호 드립니다.

인간의 인연은 피차에 자신을 낮추고 남을 낮게 여기는 데서 시작된다고 현철은 생각했다.

"우리는 연세의 아들들… 연세를 사랑한다. 총장님도 노인 학생도… 고맙다. 친구야!"

현철은 석호에게 편지를 보냈다.

혼밥은 외롭다. 지겹다.
이제 한 학기만 하면 혼밥(혼자 먹는 밥)은 더 이상 없다. 라고 생각하니 현철은 기분이 좋아진다. 혼자 먹는 밥… 하루 이틀이지, 너무 오래 계속되다 보니 지겹다는 생각이 든다. 그러고 보니 현철은 혼밥을 먹어야 할 이유가 없었음을 새삼 느끼게 됐다. 현철의 식구는 모두 10명이기 때문이었다. 워즈워즈의 시, We are Seven.보다 셋이 더 많다. 결국 그는 'We are Ten.'이라는 시를 생각해냈다.

"나, 아내, 아들-2, 손자-1 손녀-3 그리고 자부-2"-We are 10.
그런데 어쩌다 여기 한국에서 혼자 밥을 먹다니…. 그는 너무 외로웠다. 그래서인지 그는 손자뻘 되는 학생 친구들과 자주 어울렸다. 피자, 맥주, 소주 그리고 오늘은 '상훈'과 더불어 초밥집에 들렀다. 상훈은 이번 학기에 같이 공부하게 된 짝꿍이다.

"선배님, 저 초밥 잘 먹었어요."

그러고 보니 강희 양과 기우 군이 졸업하고 난 후 새로운 짝꿍으로 만난 학생으로 상훈뿐만 아니라 몇 명 더 있었다.

<영어-2(class)에서 만난 짝꿍은 음대, 여대생이다.>

바순을 연주하는 예쁜 아가씨로 이름도 예쁘다. 공교롭게도 옛 애인, 은영이를 연상케 하는 이름 "영은"인데, 영어 이름으로 "Grace"라고 한다. "영은-그레이스!!!"

영은을 볼 때마다 그는 문득문득 은영이를 생각했다.

"은영 씨! 어디에 계시나요? 물론 살아 계시겠지요? 나도 살아 있는데…. 어디에 계시나요? 압구정동? 청담동? 방배동? 강남역 출구 2번에서 만날까요? 아님 청담역 3번 출구에서? 알려주세요."라고 그는 여러 차례 허공을 향해 울려 보냈다.

그러고 보니, 73살 노인 학생과 20살 아가씨 학생의 만남은 마치 파우스트 속에 나오는 괴테와 그레첸이 연상되는 만남이었다.

"선배님, 아니, 선생님!"이라고 그녀(영은)는 존경해서 현철을 부른다. 현철은 그녀를 그레첸이라고 부르고 싶었다. 마치 괴테처럼 새로운 청춘을 불사르고 싶을 정도로 발랄하며 생기가 있었다.

10월 연고전이 벌어졌다.

"선배님! 연고전에 가시지요?"

상훈과 음대생인 영은(그레이스 -그레첸)은 물었다.

"가야지요! 나도 응원해야지요."

그날과 다음 날 그들은 목동종합경기장에 가서 소리치며 응원을 했다. 결과는 5:0 압승이었다. 연세대학교는 축구, 럭비, 농구, 야구, 아이스하키에서 전승이었다.

"와! 73세 노인 학생도 신난다. 젊음이다. 청춘 예찬이다."

비록 그의 나이 73세라고는 하나 1963년 18살, 연세에 입학한 그 해 연고전에서 본 게임과 다를 바가 없었다.

그가 일학년 때, 농구에는 신동파, 축구에는 박영대, 야구에는 이영기 등… 막강한 신입생이 있었다. 그런데 그들은 지금 어디에 있을까? 어느새 늙어 꼬부라졌는가?

괴물처럼 커다란 바순을 들고 다니는 가냘픈 아가씨 영은을 통해 느껴 본 젊음의 재현이 감사하고 또 감사했다.

"영은 씨. 상훈 군, 고마워요. 우린 영원한 친구가 됐어요."

현철은 연세대학교 가을 전시회에 붓글씨를 제출했는데 당당히 전시되었다.

"구보환의"라는 사자성어를 제출했었다.

1963년 가난으로 가정교사를 해가며 공부하던 그때, 학교 다니는 것이 마치 고행을 하는 지옥이었는데, 복학한 후의 대학 생활은 천국이었다.

자서전은 매일매일 착실하게 써지고 있었다. 시간이 가면 목적했던 것은 하나하나 채워지기 마련이었다. 어느새 목표로 삼았던 51학점이 이번 학기말 시험을 통해 완성되며 졸업을 하게 된다. 어느새 단풍이 지고 눈이 온다.

특별히 수강을 받아 준 체육, 요가 교수와 영어2 교수 그리고 약 40명의 학생을 위해 현철은 종강 사은 감사 파티를 마련해 대접했다.

"감사합니다. 저를 졸업시켜 주셔서…."

미국으로 돌아가기 전, 캠퍼스 여기저기를 돌아다니며 기억으로 남게 하고 싶었다. 연세에 속한 돌멩이 하나라도 기억 속에 집어넣고 싶었다.

12월 22일 밤

오늘은 마지막 날 밤이다. 5학기를 마치고 귀국한다. 잠이 오지 않는다. 왜? 너무나 행복해서…. 지난 5학기 연세에서 보낸 세월이 큰 복이었다. 공부다운 공부를 했으며 늦게나마 "나는 세상에서 가장 행복한 사람이다."라는 생각을 하게 되었으니 그는 오복을 가진 사나이라고 생각했다.

내일 아침 그는 집으로 간다. 그는 잠에 빠졌다. 어느새 그는 꿈속에서 아내와 손자를 만나고 있었다.

12월 23일 드디어 현철은 그가 꿈꾸었던 복학생을 마치고 가족, 특히 손자가 기다리는 미국 캘리포니아 얼바인으로 돌아오는 KAL에 몸을 실었다.

2017년 12월 23일 이후 2018년 2월 15일 졸업식을 위해 다시 한국으로 돌아오기까지 그는 배고픈 곰처럼, 깊은 겨울잠에 돌입하였다.

29. 졸업 -2018년 2월 26일

졸업! 졸업! 2월 26일 10시에 졸업식이 확정되었다. 얼마 만인가? 55년 전 입학을 하고 이제 졸업을 한다니 감회가 새로웠다. 졸업을 위해 2월 15일 한국행 비행기를 탔다. 가서 할 일이 많았기 때문이었다.

이젠 수강 신청을 하지 않는다는 것만으로도 마음이 편안했다. 지난 10월 이후 꾸준히 써 온 회고록이 어느새 500장이 되었다. 졸업 전에 약 30장을 더 쓰려고 한다. 500장의 원고 속에 그의 인생이 다 들어갈 수는 없으나 그래도 이 회고록을 통해 자손들에게 "할아버지 손현철"을 알려 준다고 생각하니 대견했다.

한국으로 가기 며칠 전, 로스앤젤레스 중앙일보에 그에 대한 기사가 크게 신문에 실렸다.

-나이 70에 고국으로 가 연세에 다시 복학하게 된 동기로부터 지난 2년 반의 학교 수업, 여행 등을 자세하게 신문에 실었다. 이미 미국에서 4년제 대학(Undergraduate)를 졸업했기에 굳이 복학할 이유는 없는데도 복학한 그의 못다 한 꿈을 실었다. -

다음 날, 미주 라디오코리아 방송에서 특별 인터뷰를 1시간에 걸쳐 방송으로 알려 주니 그에 대한 소식은 웬만한 사람은 다 알게 됐다. 방송의 내용은 신문 뉴스와 많이 겹쳤으나 직접 육성으로 들으니 더욱 감명 깊었다고 사람들은 말해 주었다.

<갑작스럽게 맡은 주례>
2월 26일 졸업식을 앞두고 그는 뜻밖의 일을 맡았다. 같이 공부했던 두 학생의 결혼식 주례를 맡게 된 것이다. 동헌 군과 예은 양이 그에게 주례를 부탁했을 때 몹시 당황했다.

"아니, 나더러 주례를 서 달라고요? 교수님들에게 부탁을 하시지요? 저는 사양하겠습니다."

몇 차례 사양했으나 같이 공부한 대선배가 주례를 해 준다면 큰 영광이라고 했다.

24일 오후 7시, 연세동문회관에서 그는 두 학생을 위한 주례자가 되었다.

그날, 사회자가 주례에 대한 소개를 다음과 같이 했다.

-"손현철 주례 선생님께서는 1963년 연세대학교에 입학하셨습니다. 선생님께서는 월남 파병 후 미국 유학길에 오르게 되었고, 캘리포니아 우드베리 대학 회계학과를 졸업하신 후, 부동산투자회사를 운영하시며 살아오신 지 50여 년이 흘렀습니다.

은퇴 후 칠순이 넘은 나이에 연세대학교에서 못다 한 졸업의 꿈을 이루기 위하여 한국 유학길에 오르셨고 2년 반 동안 매일 아침 6시에 도서관 출근 도장을 찍는 열정으로 마침내 성공적으로 학업을 마치셨습니다. 그리고 드디어 모레 26일 월요일, 졸업식을 앞두고 계십니다. 선생님의 이러한 삶의 여정은 연세소식지, 미주중앙일보, 조선일보 등에 소개되기도 하였습니다. 또한 그 바쁜 삶 속에서도 짬을 내어 500페이지가 넘는 자서전을 완성하시고 곧 출간 예정입니다. 그리고 선생님께서는 이 모든 것들을 항상 사모님 덕으로 돌리시는 애처가이시기도 합니다.

신랑 이동헌 군과는 2016년 학교 수업 시간에 우연한 계기로 인연을 맺게 되셨고 그 인연으로 이어져 오늘 이 자리에 함께 하시게 되었습니다. 큰 박수로 환영해 주시기 바랍니다."-

그리고 그가 주례사로 한 글은 다음과 같았다.

-동헌 군과 예은 양의 결혼을 진심으로 축하드립니다. 저는 예은 양의 밝은 모습과 쾌활한 성격, 긍정적인 생각 그리고 명철함을 보았습니다. 현재 서울대학교 환경대학원에서 공부하는 재원입니다. 동헌 군은 예의 바른 청년으로 자랐고 성실함은 물론 학구적인 면에서 두각을 나타내는 모범 청년입니다. 다음 달부터 연세법률 대학원에서 학업을 이어 나가게 됩니다. 양가 부모님, 지금까지 수고 많았습니다.

　저는 올해로 결혼 47년을 맞이합니다. 슬하에 두 아들을 두었습니다. 동헌 군과 예은 양은 될 수 있으면 자식을 많이 보기를 바랍니다. 가정의 행복은 부모와 자식 간의 끈끈한 관계로 이어질 것입니다. 혹시 다툼이 있을지라도 하루를 넘기지 마십시오. 서로 아끼고 사랑하고 정직하게 사십시오. 헤어질 생각은 추호도 하지 마십시오. 서로 이해하면서 결혼 생활을 이어가기 바랍니다. 자기주장을 너무 내세우지 않으면서 현명하게 살아 나가기를 바랍니다. 동헌 군은 이렇게 말합니다.

　"운명이다. 이 여자! 나의 모든 것을 바쳐 꼭 지켜주고 싶다."

　예은 양은 이렇게 말합니다.

　"감동이다. 이 남자. 이 사람과는 평생 함께 꿈꿀 수 있

> 을 것 같다."
> 이렇게 서로에게 다짐했습니다. 초심을 잃지 말고 행복하게 사십시오.
> 다시 결혼을 진심으로 축하드립니다. 축복합니다.
>
> 주례: 손현철

그날 피로연은 참으로 행복한 시간이었다. 브라질로 가 아내와 결혼하고 다음 날 신혼여행 겸 귀국행 비행기를 타고 LA로 돌아오던 그 시절이 생각났다.

현철은 미국에서 어제 남편의 졸업식을 위해 한국으로 온 아내와 더불어 졸업 예배에 참석했다. 지난 2년 반 하나님의 은혜로 건강하게 졸업을 하게 해주심을 감사드렸다. 졸업 예배는 졸업 전날, 25일 오후 3시 작고 아담한 루스채플 예배실에서였다.

다음 날 2월 26일 대망의 졸업식, 2018년 2월 학위 수여식이 오전 10시에 역시 루스 채플에서 총장님을 모시고 거행되었다. 사랑하는 아내, 둘째 아들과 자부, 손녀, 고등학교 동창들, 우기, 강희, 동헌 예은등 많은 하객이 축하해 주었다. 회고해 보면 2008년 은퇴 그리고 2015년 복학을 결심하고 이루어진 꿈이 이루어지는 날이다.

그는 말한다. "손현철 너, 참 괜찮은 놈이다!"라고. 그는 그의 자서전에 "나의 복학은 나에게 생기를 불어 주었다. 연세대학교를 55년 만에 졸업하면서…"라고 썼다.

그다음 날, 연세춘추에 실린 특집뉴스에는 "입학 55년 만인 73세에 맞는 감격의 졸업"이라는 타이틀로 시작되었다. 그간의 경과 그리고 힘든 공부를 소개하며, "불가능은 없다를 몸소 보여준, 손현철 동문은 인생 2막의 화려한 시작을 캠퍼스 곳곳에 알렸다."라고 격찬했다.

아울러 조선일보에 실린 기사는 더더욱 돋보였다. "총장보다 나이 많은 73세 복학생, 50년 만에 학사모"라는 타이틀에 가족들과 활짝 웃으며 찍은 졸업 사진을 크게 실어 주었다.

졸업식이 끝난 후, 현철은 학사모를 벗어 아내 정경숙에게 "내 사랑, 경숙 씨에게 이 학사모를 드립니다."라고 말하며 씌워 주었다. 아내의 눈시울이 뜨거워지더니 구슬같은 눈물이 주르르 흘러 주름진 얼굴로 미끄러져 내려왔다. 흐르다 잠시 멈춘 눈물 속에 아내의 사랑이 숨어 있는 듯했다.

30. 졸업 후-

졸업을 하고 보니 현철에게 밀려오는 공허함이 있었다. 그리고 아직 다 하지 못한 자서전에 대한 집착이 있었다. 어느새 A4용지로 530페이지의 사연을 친필로 써 두었으나 조금 미흡해 보였다. 아내와 더불어 졸업을 축하하며 즐긴 후, 아내를 먼저 미국으로 보내고 그는 다시 연세대 도서관으로 가 매일같이 자서전을 더 쓰게 되었다.

사진을 모으고, 내용을 보강하고 출판을 어떻게 할까 생각을 하기 시작했다. 과연 자서전이 필요할까? 내가 지나온 세월이 뭐 그리 대단하다고… 사실 따지고 보면 실패의 연속이었는데, 그게 무슨 자랑이라고 자서전을 쓰다니… 그리고 과연 활자로 출판을 한다면 그것은 엄청난 자기 노출이라고 생각했다. 과연 누가 그의 자서전을 읽을까? 그것도 궁금하였으며, 은근히 겁이 나기 시작했다.

며칠 전에 걸려온 전화와 화상통화에서 석호는 "야, 축하한다. 빨리 와라! 여기 LA에도 너에 대한 뉴스가 감동을 준다. 빨리 오라!"라고 재촉했다.

그러나 그는 빨리 가기보다 몇 달 머무르면서 자서전을 출판 그리고 책을 만들어 미국으로 직접 가져가기로 마음을 먹었다.

"손 선생님, 이 원고 모두 친필로 쓰셨군요! 대단합니다."

"예, 제 손으로….”

"그런데 이걸 전부 컴퓨터로 타이프를 쳐야 합니다. 비용이 만만치 않습니다. 그리고 몇 부를 출판하시려고 하시나요?"

"글쎄요….”

"최소 500에서 1,000부는 하셔야 할 것 같습니다."

"알겠습니다."

현철은 많은 생각을 하였다. 그리고 그는 친필로 쓴 원고를 스캔하여 정식 출판을 하지 않고 비매품으로 100권을 만들어 한국에 있는 동료, 학우, 교수 그리고 동창에게 선물한 후, 나머지 50권은 미국으로 가져 오게 되었다.

큰 작업이었으며 현철에게는 의미가 깊었다.

"내가 무슨 큰일을 한 것도 아닌데 출판보다는 비매품으로 아는 사람들에게 선물로 하자. 그리고 조용히 나누어 주자."

졸업식을 치른 지 4개월이 지났다. 내일이면 미국으로 돌아간다. 돌아가면 이젠 미국 시민으로 그곳에서 살게 된다. 잠이 오질 않았다. 며칠 전, 고등학교 동창들과 졸업 파티를 방배동 "All you can eat"에서 흥겹게 치렀다.

"야! 너, 대단한 놈이다. 네가 쓴 자서전 『손현철 너, 참 괜찮은 놈이다』처럼 그래 맞아! 너 괜찮은 놈이야!"

"어쨌건 너, 70 노인이 잘했어. 이제 가면 언제 오니?"

"고맙데이. 속히 오마. 너희들이 보고 싶어서, 역시 고국이 좋구나."

"그러지 말고 아예, 한국으로 돌아오라구! 여기서 같이 살자!"

친구 중 하나가 큰 소리로 말했다.

"나도 그러고 싶다. 그런데… 날 기다리는 손자는 어떻게 하고…."

"손자도 데리고 오라구…."

"… …."

사실이 그러했다. 어쨌거나 고국이 좋은 것이건만 이젠 걸리는 식구들이 있어 마음대로 하기 힘들었다.

다음 날 그는 미국행 비행기에 올랐다. 두꺼운 자서전 50권을 큰 가방에 넣고, 생각해 보면 1968년 밀리간이 마련해 준 비행기표 덕분에 태평양을 넘었는데, 이젠 모든 것을 마치고 미국, 가정의 품으로 돌아오면서 문득 현철은 자신에게 '자아에 관한 강한 질문'이 화산처럼 솟구쳤다.

"나는 한국 사람인가? 미국 사람인가?"

둘 다 아닌 것 같고, 아니 둘 다인 것 같았다.

"Korean American? 한국계 미국인? 아녀 한국과 미국? 이중국적이여! 몸은 미국에, 마음은 한국에…."

그는 내가 죽으면 어디에 묻힐까… 머리가 혼란했다. 한국 땅에 아님 미국 땅에?

"대디! 우리 가족들을 위해 얼바인 파시픽 공원묘지에 가족묘 자리를 장만해 두었습니다."

큰아들이 언젠가 그에게 말한 것이 기억에서 떠올랐다.

"Pacific Cemetery에 가족묘를 준비했다구? 잘했어, 아들아."

"예! 아버지, 교회에서 가깝고, 바다가 내려다보이고…."

"그래. 당연히 나는 그곳에 묻혀야 하겠지."

현철은 당연히 가족묘에 Korean-American으로 묻히는 것이 정답이라고 생각하였었다.

31. 다시 찾아온 집 그리고 가족, 친구들

현철이 LA공항에 내리니 아들 내외와 아내가 기다리고 있었다. 여기저기 보이는 팜트리(야자수)가 꾸벅꾸벅 그에게 인사를 올리는 듯했다. 그러고 보니 그의 인생에서 거의 2/3를 여기 LA에서 지냈으니 여기가 그의 고향이요, 뼈를 묻을 장소가 아니던가…. 여기저기에서 걸려온 축하의 전화중…. '아! 내가 졸업을 했구나. 설마 했었는데… 했구나…'라는 의미가 들어 있었다.

다음 날 누구보다도 먼저 친구 석호를 찾았다.

"야, 현철! 축하해… 드디어 해 냈어! 해 냈어!"

"고맙데이, 고맙데이."

그는 감격스러운지 눈시울이 붉어졌다.

"이제, 네 건강을 챙기거라. 푹 쉬라구…."

"자. 석호! 이거…."

그는 두툼한 자서전을 그에게 넘겨주었다.

『손현철 너, 참 괜찮은 놈이다』라는 두툼한 책표지에는 글을 쓰고 있는 그의 얼굴이 돋보여 있었다.

"와- 현철아! 드디어 네가 말하던 작품을 완성했구나!"

석호는 자서전의 첫 장을 넘겨보니 그에게 보내는 감사의 편지가 또박또박 써 있었다.

> 석호야! 고맙다. 나, 손현철은 만 70세에 연세대학으로 돌아가 학업을 이어가면서 하루하루 잊지 못할 감동이 나에게 사무치도록 왔다. 드디어 글로써 남기고 싶은 감동까지 받아 2017년 8월 28일부터 12월 4일까지 하루 다섯 장씩 100일 동안 A4용지 500페이지를 완성한 후 졸업식까지 30장을 더하고 나의 복학 기간 중 잊지 못할 과제물을 모아 부록으로 만들어 764페이지, 『손현철 너. 참 괜찮은 놈이다』를 출간했다. 고맙다. 친구야.
>
> 2018년 7월 1일
> 손현철

석호는 친구가 심장병을 가지고 있으면서 764페이지의 방대한 분량의 자서전을 쓴 것에 대한 놀라움보다 그의 건강이 염려가 되었다.

'무리였어, 무리였어.'

석호는 혼잣말을 하면서 순간 눈물이 흘러나왔다.

"야! 수고했어. 내가 보기엔 대작이여! 아니 걸작이여! 동창들 모여 축하 파티 한번 하자."

며칠 후 약속대로 고등학교 동창들의 모임이 있었다. 많은 숫자는 아니나 끈끈했다. 평상시에 친구들에게 베풀었던 현철에 대한 존경심이 동창들 사이에는 늘 있었다.

"와! 너의 일생이구나…."

두꺼운 그의 자서전을 받은 친구들은 모두 감동과 흐뭇함을 느끼고 있었다.

"석호! 어째, 인길이가 안 보이네…."

"어, 병원에 입원 중이여."

인길은 동창들 중에서 가장 키가 작았으나 동창들을 위해 많은 헌신을 하였다. 현철은 인길을 특별히 좋아하였음은 키도 비슷하고 생각도 비슷한 경상도 사나이였다. 고등학교부터 어디를 가든 인길은 현철을 졸졸 따라다녔었다. 그런데 인길은 몇 개월 전부터 폐질환으로 숨을 쉬기 힘들어 했다. 폐가 점점 굳어진다고 했다.

"뭐라고? 인길이가 병원에? 안 되지, 안 돼!"

현철은 큰 소리로 부르짖었다.

인길은 폐 속의 산소 농도가 낮아져 산소통을 가지고 다녀야 했다. 누가 봐도 건강이 좋지 않음을 보여 주는 친구였다.

다음 날, 석호와 현철은 친구 인길이 입원해 있는 병원을 찾았다. 인길은 생각보다 상태가 좋지 않아 보였다. 숨이 차 말하기가 힘들어 보였다.

"오래 못 갈 것 같아…."

석호에게는 직업적인 예감이 섬찟했다. 병원에서 나오는 길에 샌드위치 가게에 들렀다. 점심을 걸러서인지 시장했기 때문이었다.

"석호! 심장내과 의사가 말하기를 왼쪽 심장 심실(Left ventricle)이 확장돼 있어 좌심실 지표가 낮아졌다고 하며 약을 조금 다르게 줬는데… 괜찮은 건지?"

현철의 질문을 들으면서 석호는 직감적으로 친구의 심장이 점점 심장울혈(congestive heart)이 되고 있음을 알 수 있었다.

그럼에도 불구하고 녀석은 성가대원으로, 지역 봉사로 바쁘게 보내며 손자와 같이 공부를 계속하였음을 알게 되었다.

"요즘에는 연세가 그립네. 학교에 가서, 아니 도서관에 가서 책을 읽고 싶다네."

"졸업했는데…. 이젠 집에서 손자들하고 즐기거라."

소문을 타고 현철은 여기저기에서 강사로 초청받아 늦은 나이에 대학을 졸업한 얘기를 해야 했다. 신문에도 2차례 특집으로 기사가 실렸으며 교회에서도 여러 차례 초청을 받았다. 그리고 보니 현철은 남가주, 한인사회에서 '유명인사'가 되었다. 사실이 그러했다. 그는 이미 유명인사였다.

32. 친구의 죽음과 연말

친구 인길은 뜻밖의 실수를 한 것이 밝혀졌다. 동맥 속의 산소의 포화량이 정상보다 낮아 높은 산에는 가지 않는 것이 좋으련만 가족들과 같이 캐나다 록키산, 밴푸와 그 부근의 아름다운 호수, 산정을 얼마 전에 여행한 것이 문제였었다. 분명 록키산맥은 높은 곳이다.

여행 중, 갑작스러운 산소 부족으로 인해 그는 칼거리병원에 헬리콥터 편으로 후송되었으며 며칠 후 오렌지카운티의 병원으로 이송되었다.

"아차! 저번에 만났을 때, 주의를 줬어야 했는데. 강력하게. 산에는 가지 말라고…."

석호는 후회막급이었다. 사실, 친구 인길은 고등학교 일학년 때부터 친했던 죽마고우이다. 그 당시 그들은 가난했었다. 그러나 결코 기가 죽지는 않았었다. 가난은 그들 아니 우리들에게는 정상이었으니까. 부끄러울 것도 없었다.

인길의 병세를 보고 온 후 현철은 큰 쇼크를 받은 듯했다. 심장과 폐의 기능이 전보다 악화되었기 때문이었다. 이렇게 급속한 변화를 주다니… 현철에게는 큰 쇼크였으며 스트레스였다.

"죽음은 늘 우리 가까이에서 늑대처럼 우리를 노리고 있다…."라고 석호는 생각하고 있었다.

8월 30일-

인길이 조용히 세상을 떠났다는 부고를 그의 아내로부터 들었다.

현철과 석호에게는 하늘의 별 하나가 슬그머니 우주 속으로 자취를 감추고, 나머지 별들은 고아가 되어 버려진 듯했다. 믿어지지 않는 긴 여행을 떠났다고 생각했다.

그리고 2주 후 9월 12일, 공원묘지(Forest Lawn)의 예배당에서 이별을 고하는 종소리가 울린 후 인길은 영원한 안식을 취하러 제 길로 달려갔다. 그날 밤, 누구보다도 그와 가까웠던 현철은 밤을 지새웠다. 잠을 잘 수가 없었다.

오늘의 장례식은 그에게 큰 스트레스를 주었다. 심장에 큰 부담을 주었다. 친구란 두 몸에 하나의 영혼이라고 했는데, 한 몸이 가고 나면 한 영혼은 그만큼 약해지리라고 현철은 생각을 했다.

현철은 그동안 소홀했던 심장과 당뇨를 철저하게 검사를 했다. 심장 지표는 여전히 울혈성 심장을 나타내고 있었다.

'차라리 학교에 다니는 편이 더 좋을 듯하네… 지루하네… '

공부를 열심히 하다 공부를 하지 않으니 오히려 그에게 더 큰 스트레스가 생기고 있는 듯했다. 현철은 그 후 뮤리에타 집에 칩거하며 건강을 챙기고 있었다. 그래도 일요일은 어김없이 아침 일찍 일어나 교회로 와 성가 연습을 하며 찬양을 올렸다. 어김없이 찾아오는 추수감사절과 크리스마스는 그들에게도 바쁜 계절이었다.

석호는 친구가 준 자서전을 여러 번 읽었다. 읽을 적마다 새로웠으며 녀석에 대한 이해와 존경심이 생겼다.

"아- 이 친구, 이렇게 생각했었구나. 나보다 한 수가 위였어."

그런데 이 책을 어떻게 처리해야 할지 걱정스러웠다.

"야! 이 자서전을 어떻게 할까? 타이프를 쳐서 인쇄할까?"

"아냐, 아직 일러. 조금 더 교정하고 보강한 후에 하자."라고 현철은 말했다.

일단은 보류했다. 그리고 잊혀졌다. 석호의 책장에 장식용으로 잘 꽂혀 있을 뿐, 먼지만 쌓이기 시작했다.

'자서전이란 살아서보다 사후에 더 값이 나가는 법이지…'

석호는 무심코 내뱉었다.

33. 2019년 초 -그리고 영면하다

해를 넘겨 2019년이 밝아 왔다. 74살 노인이 되었으나 마음은 젊었다.

"석호! 나, 잠시 한국에 가서 처리할 일이 있어, 한국에 가려고 하네."

그는 뜬금없는 말을 했다. 석호는 순간, 아차 하는 예감이 들었다.

"꼭 가야 하니? 여기서 하면 안 될까? 야, 너 심장에 부담이 가서 안 돼! 이번에는 안 돼!"

석호는 강력하게 말렸다. 몇 년 전의 그 대답, Yes가 아니고 No였다. 분명히 그의 심장은 울혈이 있으며, 심장의 펌푸 능력이 약함을 알고 있기 때문이었다.

"어- 길지 않아, 잠시 가야 해."

"야, 솔직히 말하라구, 무슨 일이냐?"

"너만 알거라. 사실, 내가 대한민국 국가 유공자가 아니냐? 맹호부대, 월남 참전으로. 그런데 참전 동지들의 모임이 있다고 해서… 한

번 가보고 싶어서….”

"이번에는 반대다. 가지 말게나….”

석호는 강력하게 말렸다.

"남편이 꼭 가야 한다고 하며 갔네요.”

일주일 후, 그의 아내도 그가 한국에 갔다는 것에 대해 불만을 품고 있었다. 그날 밤, 석호는 왜 현철이 한국에 꼭 가야 했는지를 곰곰이 생각해보았다.

"이건 아니다… 죽음을 준비를 하고 있구나….”

석호는 친구가 그의 죽음을 미리 준비하고 있다고 생각했다. 왜냐하면 그의 심장의 기능은 많이 약화돼 있어 여간 주의하지 않으면 죽을 수도 있기 때문이었다. 석호가 보기로는 정상으로 되기 힘든 상태의 심장이었으며 현철 또한 그렇게 예감하고 있는 듯했다. 분명, 친구는 아내 몰래, 가족 몰래 죽음을 준비를 하고 있음을 예감했다.

한국에 간 이후, 그는 별다른 연락을 하지 않았으며 그의 아내도 남편의 심각성을 잘 모르고 잊고 있는 듯했다. 후에 안 내용이지만 그는 대한민국 정부에 유공자가 죽은 후에 받을 예우에 대해 문의했음을 알았다.

"손현철 님은 맹호부대, 월남 참전용사로 대한민국정부 보훈처로부터 그에 상응한 대접을 받습니다. 작은 연금, 사회적 보장 그리고 죽은 후 현충원에 장례됩니다.”라고.

어쨌든 현철은 석호와 그의 아내의 반대에도 불구하고 한국행 비행기를 타고야 말았다. 몹시 추운 2월 어느 겨울날이었다.

서울에 도착해서 현철은 고등학교 동기들과 그리고 연세 동기들과 만나 모임과 친교를 하였다고 했다. 그러나 그 모임 이후, 밖으로 나다니지 않았으며 몰래 도서관에 가서 책을 보곤 했다. 그를 만나는 친구는 상대적으로 감소했으며 그에 대한 관심도 많이 떨어졌다.

동기들의 모임에 이런 이유 저런 이유를 들어 불참하기도 했다. 눈에서 멀어지면 마음에서도 멀어진다고 했다. 아깝게도 5월 달 말경에, 그를 본 친구들이 거의 없게 되자 갑자기 그를 찾게 되었다.

"헤이! 현철이가 안 보이네… 어찌 된 일이지?"

"맞아, 언제 만났지? 3주는 되는 것 같은데… 혹시?"

"찾아가 보자! 가자!"

동기들은 그가 머물고 있는 신도림동 이모집(혼자 거주하고 있었음)에 가보니 문은 잠겨 있었고 기척이 없었다.

"예감이 이상한데, 뭔가 이상해…."

친구들의 느낌은 순간적으로 무엇인지 이 집 안에서 일어나고 있다고 생각했다. 문을 부수고 들어가 보니 그는 잠든 듯 숨을 거둔 지 이미 며칠이 경과한 후였다. 그리고 그의 주변에는 약병들이 놓여 있었으며 모름지기 심장마비로 쓰러진 듯하다고 경찰은 추정했었다.

현철은 결국 74세 나이로 그의 지병인 심장 울혈과 심장마비로 세상을 떠났다. 누구에게도 폐를 끼치지 않고 조용히 죽음으로 생을 끝냈으며, 그는 정부 보훈처에 의해 국가 유공자, 월남 참전용사로 대한민국 의장대의 예후와 애국가가 울려 퍼지는 속에 치러질 장례식이 예정되었다. 단지 미국으로부터 올 가족들을 기다리게 됐다. 5월

31에 일어난 일이었다. 멀리 미국에서 소식을 접한 석호는 예견된 죽음이 생각보다 일찍 찾아왔음을 알게 되었다. 미국 캘리포니아 얼바인과 뮤리에타의 밤 하늘에는 별들이 울고 있었으며, 바람 소리도 흐느끼고 있었다.

"현철아! 그렇게 너, 그리도 빨리 가다니… 나는 알았어. 네가 갈 준비를 하려고 한국에 가는 것을… 그래, 너는 제갈량처럼 네가 갈 것을 알았지… 멀리 중원의 밤하늘에서 오장원을 향해 떨어지는 제갈량의 그 별처럼…. 너는 너의 별을 보며 너의 모습을 알아냈었지."

현철의 아내와 아들도 그의 갑작스러운 그의 죽음이 믿기지 않은 듯 어쩔 줄 몰라 했다.

"내 평생에 가는 길 순탄하여 늘 잔잔한 강 같든지 큰 풍파로 무섭고 어렵든지 나의 영혼은 늘 편하다…. 내 영혼 내 영혼, 늘 평안해."

평소 그가 부르던 그 노래, 아니 현대백화점 앞에서 넋을 잃고 들었던 그 노래가 들려온다

"먼저 갔군. 그래 먼저 갔구나. 인길이 간 지 얼마 안 되는데, 너도 갔구나."

석호는 눈물을 흘리며 그가 좋아했던 슈만의 「꿈-트로이메라이」를 반복해서 피아노로, 바이올린으로, 합창으로 듣고 또 들었다.

다음 날, 현철의 아내와 아들은 급히 서울 가는 여객기에 몸을 실었다.

6월 12일. 장례식

서울 현충원에서 거행된 고 손현철 국가유공자의 장례식은 군악병의 조가와 의장대의 엄숙하고 절제 있는 인사 그리고 유족들의 울음 속에서 거행되었다. 역시 조국은 용사를 영웅으로 대우해 주었다. 용사는 죽어도 국가는 잊지 않는다고 했다. 대한민국은 살아서 움직인다고 생각했다. 용사는 죽어서라도 휴전선을 지켜 자유민주주의를 수호할 것이라고 생각되었다.

숨진 맹호 전사는 영구차에 실려 화장터로 이송되었다. 삼천포에서 시작된 현철의 인생은 마침내 섭씨 1000도가 넘는 화장로 불에 의해 한줌의 재가 되었다. 그의 영은 그가 늘 원했던 천국으로 날아가고, 육체는 불에 타 화학원소로 변해 네모진 박스 속에 담겨졌다.

진혼곡 소리에 비들기들도 꺼역꺼역 소리를 내며 빙빙 하늘을 돌았다.

사랑하는 아내와 아들 그리고 유족, 친구들의 애도의 눈물을 뒤로하고 멀리멀리, 창조주 하나님에게로 그는 달려갔다. 이 엄숙한 장례식은 유튜브 영상에 담겨 미국, 뮤리에타와 얼바인에서도 친구들과 유족 그리고 교우들에게 자랑스럽게 보여졌다.

"아- 임은 가셨습니다. 그러나 우리는 그를 보내지 않았습니다."

친구들과 교인들은 그는 갔지만, 마음속에서는 보내지 않고 붙들고 있었다. 특별히 그가 그렇게도 사랑했던 손자, 라이안의 마음속에서는 꿈을 창조하는 할아버지로 남아 있었다.

석호는 현철을 보내고 한동안 멘붕 상태로 갈피를 잡지 못했으며 매일 밤마다 꿈속에서 그와 더불어 먼 여행을 하고 있었다.

"야! 너, 먼저 갔구나…."

34. 2019년 10월 – 만남과 이별

현철이 세상을 떠난 지 4개월도 안 된 10월, 석호는 웨스터민스터 시에 사는 월남사람들로부터 특별 행사에 귀빈으로 초청을 받았다. 월남 난민 96명을 구해준 영웅, 전제용 선장의 죽음을 추모하는 행사에 참석해 달라는 초청을 난민 대표 트랜(Tran)씨로부터 받았기 때문이었다.

어느새 15년 전, 2004년 전제용 선장 환영회에도 참석을 한 이유도 있을 뿐 아니라 석호는 월남 사람들을 소재로 두 편의 소설을 창작했기 때문에 그들 세계에서는 월남을 사랑하는 소설가로 잘 알려졌기 때문이었다.

추모회는 볼사(Bolsa) 길에 있는 월남인 사찰 대각사(大覺寺)에서 토요일 오후 1시에 열렸다. 전제용 선장이 한국에서 이미 사망하고 장례를 치른 후이지만 그를 영웅으로 모시는 월남인들은 불교식으로 추모회를 열고 있었다.

월남인들은 전 선장의 업적을 다시 한번 부각시켰으며, 여러 승려가 나와 염불을 올리기도 했다. 석호 그는 그들의 말을 잘 못 알아듣지만 "전제용, 전 선장, 영웅"은 귀에 익었다.

1시간에 걸친 추도 모임은 엄숙하고 경건하게 끝나고 트랜이 나와 내빈 소개를 하며 특별히 석호에게 인사말을 부탁했다.

"존경하는 강석호 씨는 한인타운에서 외과 의사 그리고 소설가로 우리 월남 사람들과 친구로 지내왔으며, 그가 창작한『사랑의 계곡』『거문도에 핀 동백꽃』은 우리 월남과 월남전쟁을 배경으로 쓴 눈물겨운 이야기입니다."라고 석호를 소개 했다.

석호는 전 선장과 같은 분을 통해 한-월 두 나라가 친구가 된 것을 기쁘게 생각하며 그를 존경해 왔고, 이렇게 그의 죽음을 잊지 않고 추모하여 주는 월남 사람들에게 감사를 표한다는 취지로 인사를 했다. 많은 박수가 있었으며 석호는 거듭 감사를 표했다.

추모식이 끝나고 옆 건물에 있는 큰 홀에서 조촐하나 의미 깊은 리셉션이 있었다. 석호는 월남 쿠키, 떡을 접시에 담아 왼손에 들고, 커피는 오른손에 들고 길게 늘어진 테이블 한 귀퉁이로 가 조용히 앉았다.

"하이, 박시, 강! 감사합니다."

월남 사람들은 그를 향해 감사의 인사를 했다. 여러 사람들의 인사를 받으며 막 커피를 마시고 있는데, 어느 60대 후반의 키가 조금 크고 어느 면에서는 유럽 사람처럼 생긴 월남 여인이 그에게 다가와 옆자리에 앉으며 물었다.

"박시, 강. 반갑습니다. 몇 년 전에 박시가 쓴 소설,『사랑의 계곡(The Valley of Love in Dalat, Vietnam)』을 읽은 적이 있습니다. 달라트에 와 보셨는지요? 어렸을 때, 저는 그곳에서 자랐답니다."

"와우, 저는 가보지 못했습니다마는 조금 압니다."

"어떻게 아셨죠?"

"월남전에 참전했던 친구를 통해서요."

"그래요? 저의 아버지는 달라트 지역 사령관… 보(Vo) 장군이었는데…"

"보 장군? 아-제 친구가 달라트에 갔다 온 얘기를 여러 번 했습니다. 천사와 미녀가 어울려 사는 도시라고 칭찬을 했었지요."

"미군 병사와 같이 왔던 한국군 병사, '손, 손, 손' 병사라고 만 기억합니다마는… 혹시 아시나요?"

그녀는 기억을 더듬으면서 물었다.

"손? 손현철, 손 상병을 말하나요?"

"예, 맞습니다. 손 상병, 그리고 밀. 뭐라고 한 미군 병사도."

"밀리간?"

"예. 밀리간… 미군 장병."

"그러면 혹시? 댁은 닌.보 씨인가요?"

"예, 바로 닌! 닌입니다."

"세상에! 세상에! 닌! 닌! 이를 어쩐담…"

석호는 울컥 죽은 현철을 생각해 보았다.

-듣고 보니, 세상은 좁으며, 글로벌이라고 했다.

1967년, 현철과 밀리간이 우아한 도시, 달라트에서 만났던 그 소녀, 닌 보(Nihn Vo)는 1975년 4월 월남이 패망하던 날, 그녀는 가족과 더불어 사이공에서 살았다.

보(Vo) 장군 부부는 월맹에 의해 체포돼 총살당해 죽었으나, 당시 24세 모란꽃을 닮은 닌과 남동생 퀴는 아버지가 죽기 전에 급히 일러

준 대로 탄손누트공항으로 달려갔다.

"너희들은 어서 탄손누트공항으로 가라. 가서 미군 수송기를 타거라!"

엄청난 탈출 인파로 인해 수송기에 접근하기 힘들었으나, 미리 연락받은 미군 장군의 배려로 그들은 수송기에 가까스로 탈 수가 있었다. 당시 그녀는 미국 사이공 공보원에서 일을 하고 있었다.

난민이 된 닌과 동생 퀴는 미드웨이와 산프란시스코 근교 난민촌에서 6개월을 보낸 후 북가주, 데이비스시에 몇 명의 월남 난민들과 같이 정착을 하게 된 것이 1976년이었다. 그곳에서 월남 난민과 결혼을 하였으며 간호사 자격증도 얻어 직장을 얻었다.

1985년, 많은 월남 난민들이 모여들어 정착한 남가주 웨스터민스터로 이사한 후 오늘에 이르고 있다고 했다.

"와우- 닌? 손 상병은 내게 이런 말을 여러 차례 했었지요. 달라트는 꿈꾸는 도시 그리고 거기서 만난 소녀 '닌'은 천사 같았노라고. 그리고 그녀에게 눈 구경을 시켜준다고 약속을 했었노라고…."

"그런데… 손 상병은 어디에 계시지요? 보고 싶습니다."

닌은 감회가 새로운 듯 눈두덩이가 붉어 있었다.

돌이켜 보면, 닌은 2004년 웨스터민스터에서 전제용 선장 환영식을 하던 그날도 혹시나 찾아볼 수 있을까 행사장에 찾아왔었는데 막막했다고 했다. 닌은 수많은 월남 위관, 미군 위관, 한국 위관 장교들을 만났지만 전혀 기억하지 않았다. 그러나 손 상병과 밀리간 미군 하사의 이름은 잊어 버렸어도 그들의 얼굴은 희미하게나마 기억하고 있었노라고 고백했다.

그녀는 한국 소설가 강석호가 쓴 소설 『사랑의 계곡(The Vally of Love in Dalat, Vietnam)』에서 달라트와 닌.보 그리고 그녀의 아버지, 보 장군을 묘사한 내용을 읽으며 몇 차례, 가든그로브의 외과 의사이며 작가인 강석호를 찾았으나 연락이 닿지 않아 포기하고 잊었노라고 말하며 눈물을 흘리고 있었다.

순간 죽은 현철과 오하이오에 살고 있을 밀리간의 얼굴이 석호의 눈앞으로 활동사진처럼 다가오더니 달라트의 소녀 닌.보의 얼굴도 보이기 시작했다.

"닌! 닌! 뭐라고 해야 하나… 닌, 미안하군요."

석호의 목소리가 갑자기 기어들어가고 있었다.

"박시, 강! 손 상병님은 어디에 계시나요? 보고 싶습니다."

그녀의 눈두덩이에는 이미 눈물방울들이 알알이 땅바닥을 향해 떨어지고 있었다. 웨스터민스터 월남타운의 큰 절, 대각사가 좌우로 흔들리는 듯했다.

"닌! 어쩌나, 불과 4개월 전에 손 상병, 아니 현철은 죽었답니다."

"뭐라고요? 맙소사. 맙소사. 4개월 전에?"

"닌! 2004년 전제용 선장 환영회에 손 상병도 거기에 있었는데."

"그래요? 우린 가까이 두고 서로를 찾았군요."

"그렇군요, 같은 타운에 살면서 바보처럼."

"손 상병님을 어디에 장례했나요?"

"따이한, 서울 현충원에 잠들어 있답니다. 그는 한국을 사랑한답니다."

"아무렴, 고국만한 곳이 있을까요?"

"그렇습니다. 고국은 따뜻한 어머니의 가슴 그리고 마음입니다. 그런데 손 상병이 눈 구경을 못 시켜줘서… 약속을 못 지켜서. 미안해 했답니다."

"타이거 손! 타이거 손! 괜찮습니다."

닌은 안타까워 고개를 흔들었다. 같은 남가주에서 숨 쉬고 살았는데 서로 만나지 못하고 죽었다니. 60 후반의 월남 여인, 닌 보 누엔(Nihn Vo Nguyen)은 석호의 손을 잡고 울고 있었다. 수많은 월남 사람들도 사연을 듣고 흐느꼈다. 50여 년 전, 포탄이 쏟아지는 월남의 하늘이 그들 앞에 서서히 검은 커튼처럼 내려오고 있었다.

"닌, 나와 같이 한국에 가서 그를 만나봅시다. 이번에는 내가 약속합니다."

"까문! 까문, 박시 강! 부탁합니다. 꼭."

그녀는 두 손으로 합장을 했다.

35. COVID 19- 닫혀진 세상에도 한 줄기 빛은 있네

석호는 현철과 닌(Nihn)에 대한 생각으로 어수선했다. 글로벌 세상에 갑자기 불어닥친 코로나 바이러스가 중국 우한에서 온 세계로 퍼져 나가고 있었다. 2020년 2월 말부터 미국도 여행금지와 국경 봉쇄가 시작되었다. 이 와중에, 석호와 현철이 존경하고 사랑하는 목사님도 코로나 바이러스에 의해 희생당하고 말았다. 석호의 머릿속에는 점점 세상이 암흑 속으로 빠져들어 가고 있다는 느낌이 들었다.

해를 넘겨 2021년….

석호의 머릿속에는 하나하나 기억에서 지워지는 뇌세포를 막을 길이 없었다. 노인이 되면서 체온조절, 관절 조절이 현저히 떨어지면서 여기저기가 아프다. 눈도 침침해지며 귀도 약해져 듣기가 힘들다.

성경(전도서)을 보니 나이가 들면서 점점 머리는 희어지고 이도 빠지고 창문 살도 없어지고 라는 대목이 실감났다. 인생의 늙어짐을 노래하는 대목이었다.

그럼에도 봄은 기어코 찾아온다.

석호네 집 뒤뜰에 우람하게 솟은 무화과나무에 작은 순이 돋으려는지, 노란 빛이 보인다. 앙상한 석류나무에도 봄기운이 들어와 기지개를 편다.

3월이 왔다. 무화과나무에 초록빛 순이 돋는다. 그리고 연초록 잎새가 돋기 시작한다. 석호는 암 수술을 받은 지 어느새 5년을 맞는 감격을 맞보고 있었다. 하나님이 도우사 지난 5년 재발하지 않고 건강하게 지내왔다.

"5년(Cancer Survival)을 버티면 닥터. 강 당신은 신장암으로부터 자유로워집니다."

외과 의사가 등을 두드리면서 말해 주었다.

"그래. 나는 암으로부터 자유로워졌어. 드디어… "

석호는 무화과나무가 가져다주는 새로운 삶의 꿈을 맛본다.

순간, 문득 생각나는 긴박함이 영상처럼 떠올랐다. 수술받기 3일

전, 늦은 밤의 긴박함이었다.

"현철아! 나, 죽을지 몰라. 그러니 내 원고를 네가 보관하거라… 알았지?"

석호는 그가 쓴 모든 소설 원고를 친구 현철에게 이메일로 보내면서 간절하게 부탁했었다. 그런데 원고를 부탁 받았던 현철이 석호보다 먼저 세상을 떠났다. 뿐만 아니라 그가 간 지도 어느새 3년이 되었다.

'빠른 세월이다. 낙화유수(落花流水)다. 물에 떠나려가는 꽃잎이다. 트로이메라이, 꿈이다.'

석호는 친구 현철보다 더 오래 살고 있는 것이 미안하다고 느껴졌다.

"현철아! 네가 찾았던 닌.보를 데리고 한국에 가 너의 묘지(현충원)를 찾아보리라. 네가 좋아했던 월남 처녀, 닌이 바로 우리 곁에 살고 있었어. 그런데 바보처럼 우리는 몰라보고 살았어, 현철아!"

석호는 고개를 앞뒤로 저으면서 크게 한숨을 쉬었다.

순간, 그의 눈에는 지난 3년 동안 무심하게 서가에 꽂혀 있던 현철의 자서전 『손현철, 너, 참 괜찮은 놈이다』이 섬광처럼 달려오고 있었다. 표지 사진이 인상 깊었다. 현철은 아직도 펜을 들고, 이번에는 정반대로 석호에게 부탁하고 있었다.

"석호, 이 자서전, 잘 간직하거라. 나 죽은 후에는 나라고 생각하고…."

분명히 이미 세상을 떠난 친구 현철이 석호를 향해 큰 소리로 말을 하고 있었다.

"이것 봐, 석호! 760페이지나 되는 방대한 나의 자서전, 이것을 서가에 꽂아 두고 먼지나 끼게 하면 어떡해? 안 되지, 안 되지! 언제라도 좋으니 나를 위해 출판 좀 해주라! 석호야!"

분명 현철은 석호에게 질책을 하며 애원하는 듯했다.

"현철아, 미안하다. 반드시 출판을 해 주마!"

석호는 다시 한번 자서전을 펴 한 장 한 장 읽기 시작했다. 3년 전에 읽던 같은 문장인데 그 내용과 의미는 완전히 달랐다.

"와- 녀석, 이렇게 숭고한 생각을 했었네. 고생도 했지만 녀석, 참으로 긍휼을 아는 사나이였어. 남에게 베푼 긍휼… 녀석의 마음은 가난했어. 녀석은 애통하는 자였어. 아니 의에 주리고 목마른 자였어. 녀석, 훌륭했데이."

석호는 현철의 자서전을 읽으며 그와 하나가 되는 마음이었다.

"어쩌면 이렇게 섬세하게, 감성 있게 묘사를 했을까… 수려한 문장이여."

석호는 밤새 760페이지나 되는 방대한 자서전을 다시 읽었다.

36. 에필로그(Epilogue)

"예수께서 입을 열어 가르치사, 심령이 가난한 자, 애통하는 자, 온유한 자, 의에 주리고 목마른 자, 긍휼히 여기는 자, 화평케 하는 자, 의를 위하여 핍박을 받는 자는 복이 있다"고 하셨다.

긍휼히 여기는 자가 무엇인가? 긍휼히 여김을 받아 본 사람이어야 그 뜻을 알 것 같다. 삼천포와 충청도 촌놈들, 배도 고파봤고 애통해 보기도 했었다. 그러나 무엇보다 남들로부터 긍휼히 여김을 받아 봤기에 남의 어려움을 조금이나마 이해할 수 있었다. 현철은 분명 남을 긍휼히 여기던 놈이었기에 이미 천국에서도 긍휼히 여김을 받아 그곳에서 안식하고 있으리라고 석호는 확신하며 마음이 놓였다. 석호는 현철의 자서전을 책꽂이에 다시 꽂으려고 손을 앞으로 펼치다 문득 떠오른 영감이 있었다.

'아-바로 이거였어. 네가 쓴 자서전은 『레미제라블』, 『죄와 벌』, 『닥터 지바고』보다 더 감명되고 눈물 나는 소설이여! 네 자서전만큼 훌륭한 소설은 이 땅에 없었어. 하마터면 잊혀질 뻔했던 명작이었어. 그러고 보니, 우린 괜찮은 친구들이었어. 어제와 오늘 그리고 내일이 마음속에서 숨 쉬는 두 몸에 깃든 하나의 영혼이었어…' Soli Deo Gloria

단편소설

망각의 바이올린, Forgotten Violin

1.

창밖으로 구렁이처럼 길게 구불거리며 흘러가는 오하이오강과 큰 건물들이 내려다보이기 시작한다. 15분 후, 신시내티 비행장에 착륙할 예정이니 안전벨트를 매고 조용히 앉아 있으라고 아우성치는 백인 여승무원의 목소리가 그의 귀에서 점점 멀어진다. 키가 훌쭉하고 머리가 희끗희끗한 노인, 그는 곧 만나게 될 그녀를 골똘이 생각하다 보니 눈시울이 뜨거워지며 심장이 벌렁거린다. 그는 그의 손끝에서 바이올린의 아련한 선율처럼 참았던 그리움을 이제서야 실감나게 마음으로 느끼는 듯하다.

그녀를 마지막으로 본 것이 어느덧 52년 전-.
그녀를 깡그리 잊고 살았다고 생각했는데, 이게 웬일인가, 그와는 정반대였다. 그는 그의 마음속에, 겨자씨마냥 아주 작았던 그녀에 대한 사랑이라는 나무가 자라고 있었음을 제대로 알지 못했었다. 그가 모르는 사이에 싹이 트고, 아니라고 부인하는 동안 잎새가 무성하더니 어느 사이에 열매가 주렁주렁 열려 쳐다보기도 힘든 큰 거목이 돼 있음을 알게 된 것을 실감한 것은 얼마 전이었다.

그는 그의 손목시계를 실눈처럼 뜨고 쳐다보았다. 아직도 시간을 고치지 않아 한국시간으로는 12월 2일 밤 11시 2분. (신시내티는 하루 늦은 12월 1일 오후 4시 2분) 곧 어둑어둑해질 것이 뻔한 겨울 시간이었다.
공항에 마중 나오기로 한 그녀가 혹시라도 나타나지 않는다면 어떻게 하나, 갑작스레 겁이 났다. 72살, 늙은 나이에 한국 사람들이라고는 찾아보기 힘든 오하이오, 신시내티공항에서 맞아야 할 어두움이라는 공포가 엄습해 왔다.

15분 분 후, 신시내티공항 대합실에서 만날 그녀를 생각하다 보니 갑작스레 혼돈이 생겼다. 그녀는 이제 75세, 쭈그러진 할머니의 모습일 터인데 그의 기억 속에는 마지막에 본 23세의 싱그러운 숙녀의 모습만 존재하기 때문이었다. 변해 버린 그녀의 최근 사진이라도 보았다면 구별하기 쉬울 텐데, 이젠 생판 모를 아주 생소한 그녀의 모습을 추측해 볼 뿐이었다. 게다가 이름마저 '이은영'이 '매기 휠슨(Maggie Folson)'이라는 듣도 보도 못한 미국 이름으로 바뀌었기 때문이다.

"매기 휠슨? 그녀는 어떤 모습일까? 곱게 늙은 할머니? 아니면 아직도 정정해 뵈는 아주머니?"

그는 비행기 선반에서 그녀가 미국으로 유학가면서 그에게 작별 선물로 남겨준 오래된 바이올린을 꺼내었다.

2년 전, 파킨슨병으로 인해 바이올린 연주자에서 은퇴한 "손현철", 그는 순간 평형감각을 잃고 잠시 비틀거렸다. 그가 은퇴한 이유는 파킨슨병이나 퇴행성관절염이라기보다 더 이상 바이올린을 켤 수 없다는 절망감에서 오는 우울증과 외로움 때문이었다.

5개월 전, 우울증으로 잠 못 이루던 어느 캄캄한 밤, 조용한 방에서, 잊고 살았던 그녀의 말소리가 갑자기 그의 귀에서 들려오더니 그녀의 얼굴이 떠오르고 있었다.

-그날 밤에 찾아온 '그녀의 목소리'는 그가 고등학교 1학년이었던, 57년 전, 6월 17일에 있었던 생생한 사건으로 영화처럼 그의 눈과

귀를 아연케 했었다. 아카시아꽃이 만발한 Y 대학 음악관 뒤편에 있는 나무 벤치에서 만났던 그날, 그녀가 그에게 들려준 '그 목소리'였다.

"현철 군! 힘을 내세요. 한 번 떨어졌다고 인생이 끝나는 것이 아니잖아요. 목적을 갖고, 집중해서 그리고 매일같이 꾸준히 연습을 하면 반드시 성공할 것입니다. 내가 도와줄게요."

Y 음대에서 주최한, 고등학교 바이올린 경연대회에서 실수를 해 탈락한 후 아카시나무가 무성하고 꽃향기가 그윽한 음악관 뒤편 벤치에 홀로 앉아 훌쩍거리며 울고 있었던 그에게 조용히 다가와 위로의 손을 내민 사람은 Y 음대에서 바이올린을 전공하던 그녀, 이은영의 따스한 손이었다.

순간순간 세월이 흐르면서 그는 모르고 있는 사이에 그의 마음속에 작은 사랑의 나무가 큰 거목으로 자랐음을 알게 되었다.

"아! 보고 싶다. 어디에 있나…."

마침내, 따스했던 손과 용기를 주었던 그녀 이은영을 여기 신시내티공항에서 약 15분 후면 다시 만나게 된다고 하니 가슴이 두근두근 쿵쾅거렸다. 그는 그리 길지 않은 행렬에 끼여 공항 출구 쪽으로 향하고 있었다.

오른손에 끌고 가는 여행가방 하나와 왼손에 든 낡은 바이올린이 그가 가진 여행 짐 전부였다. 그리고 그의 지갑 속에는 두 장의 옛 사진이 벌떡벌떡 숨을 몰아쉬고 있었다.

낡고 바랜 흑백 사진과 고물 바이올린이 그녀를 기억할 물건의 전부였다. 아니, 그의 인생을 버티게 해 준 등대요, 버팀목이었다.

이제 저 보세구역 문을 열고 나가면 공항 대기실에서 '손현철'이라는 피켓을 들고 활짝 웃으며 서 있을 그녀는 75세의 노인, 할머니일 것이다. 그러나 그의 머릿속에는 23세의 발랄한 시립교향악단의 신출내기 청춘의 모습뿐이었다. 그것이 그가 본 마지막 얼굴이었으니까….

2.

학비 마련이 힘들었던 손현철은 Y 음대 2학년을 마치고 군에 입대하였다. 원치 않은 월남전에도 참전했다 2년 반 후 구사일생으로 살아 귀국했다. 그리고 제대를 한 후, 3학년으로 복학했을 때, 3년 선배인 그녀는 더 이상 한국에서 볼 수가 없었다.

Y 음대를 졸업한 그는 아주 평범한 바이올린 연주자로 살았다. 남들처럼 심포니에 들어가지 못하고 월급쟁이 중고등학교 음악교사로 평생을 보내다가 65세에 은퇴했다. 그러나 음악에 관한 애착과 자부심은 어느 대가보다도 더 컸었다. 대학 시절 그는 KBS 국립시립교향악단, 아니, 카네기 홀 뉴욕 심포니에서, 박수갈채 속에서 연주하는 화려한 바이올린 연주자의 '꿈'도 꾸었으나 유감스럽게도 그렇게 되질 않았다. 그래도 그는 음악 자체가 즐거워 은퇴 후, 70세까지 동네 아이들에게 무료로 바이올린을 가르쳐 주는 교육자였다. 그러던 중 그의 손이 떨리며 균형 잡기 힘들어지기 시작했다. 아울러, 말하는 것이 어술해지며 바이올린 활도 가끔 떨어뜨렸다.

"왜 이러지?" 그는 스스로 물어 보았다.

"아버지! 파킨슨병이래요. 이젠 바이올린을 하지 마시고 편히 쉬세요." 아들 내외가 이 말을 한 후부터 그는 갑작스레 몰려오는 우울증으로 자살하고 싶은 마음이었다.

'아! 내가, 아직도 젊은데, 더 이상 연주를 못 한다니… 바이올린은 나의 전부인데…'

할 수 없다는 "절망감"이 그를 괴롭혔다. 그래도 부지런히 걷기 연습을 하다가 피곤하면 나무 밑에 의자를 놓고 잠시 생각을 하였는데 어느날 문득 떠오르는 장면이 있었다. 아카시아 나무 아래 벤치에서 흐느껴 울고 있었던 그날의 모습이었다. 그리고 그에게 들려온 그 목소리도 있었다.

'아- 그랬었지, 그때도….'

금년 초, 즉 5개월 전 그는 책상 설합 깊숙이 숨겨 두었던 옛 사진과 그녀로부터 선물로 받았던 바이올린을 책상에 올려놓고 하염없이 울었다. 그녀가 생각났으며 그녀를 생각하다 보니 15세 소년 시절로 되돌아가 외롭고 우울한 마음을 그녀에게 눈물로 하소연하고 싶어서였다.

"현철! 난 앤 브린의 「매기의 추억」을 좋아해. 만일 내가 영어 이름을 갖게 된다면 주저 없이 매기(Margaret, Maggie)를 택할 거야."

그녀가 한 말이 또렷이 떠올랐다.

「매기의 추억」이라는 하잘 것 없는 가요가 이토록 엉엉 흐느끼도록 그의 마음을 꿈틀거리며 북받쳐 오르게 했었다. 그는 아카시아꽃이 활짝 핀 음악대학 벤치에서 그녀와 같이 찍었던 '그 사진'을 가슴에 꼭 안았다. 눈물이 몇 방울 살며시 사진 위로 떨어졌다. 그리고 그는 그녀가 이별의 선물로 준 '그 바이올린'을 들어 그녀가 좋아했던 「매기의 추억」을 연주하며 노래를 부르기 시작했다. 그녀의 얼굴이 선명하게 보일 때까지 계속해서….

비록 파킨슨병으로 인해 바이브레이션이 더 심해 「매기의 추억」은 더 슬프게 울려 퍼졌다. 한두 번 바이올린 활을 땅에 떨어뜨렸지만 그는 개의치 않았다.

"선배! 보고 싶어. 어디에 있는 거야?"

그는 벌떡 일어나 Y 대학 동창회 사무실을 찾아갔다.

"동창회장님! 3년 선배, 이은영 씨를 찾고 있습니다. 반세기 전에 미국으로 간 것은 알고 있는데, 어디에 있는지 알 수 있을까요?"

"미국에? 별로 아는 사람이 없는 것으로 봐 성공을 하지 못했나 보군요."

맞는 말이었다. 이은영이라는 바이올린 연주자의 이름을 들어 본 사람이 없었기 때문이었다. 그는 동창들과 여러 음악인들을 통해 그녀의 행방을 찾기 시작했다.

그리고 3일 후, 그에게 소식이 왔다.

"손현철 선생님! 이은영 씨는 신시내티에서, 매기 휠손(Maggie Folson)이라는 이름으로 살고 있습니다. 이미 은퇴한 지 오래됐고요. 경력을 보니 신시내티 심포니에서 잠시 활약을 했었더군요."

동창회장이 가까스로 알려 주었다.
"뉴욕이 아니고, 신시내티라고 하셨나요? 뉴욕으로 간다고 했었는데…."
"맞습니다. 신시내티. 그리고 이름도 매기 휠손, 아주 미국 사람이 됐나 보군요."
동창회장은 약간 멸시하는 듯한 표시를 하고 있었다.
"매기? 매기!"
그는 고개를 끄덕였다. 당연하다고 생각했기 때문이었다. 동창회장은 그에게 별 볼일 없는 무명의 바이올린 연주자, 그녀의 주소를 건네주고는 사라졌다.

두 번 연속해서 그녀에게 보낸 편지에 답장이 없다가 세 번째 보낸 편지의 답장이 영어 편지로 아주 간단하게 그에게 전달됐다.
'미국에 와서 성공하지 못하고 평범하게 살고 있으니 찾지 말아 달라.'라는 무책임한 답장이었다.
"현철씨. 나도 보고 싶습니다마는 보면 실망할 텐데…."라고 끝맺음을 했다.
그리고 그 후 두 차례 그들은 영어 편지를 더 주고받았으나 사진은 한 장도 보내 주지 않았다. 반면 현철은 자신의 사진을 몇 장 그녀에게 보내며 사진 한 장 보내 달라고 또 부탁을 했었다.
"사진? 이제 다 늙었는데… 그러지 말고 2017년 12월 1일, 신시내티공항에서 만나요. 공항 대합실에서 피켓을 들고 기다리겠습니다. 은영 올림."

그녀의 대답은 아주 사무적이었고 영어로 써 있어 이해가 잘 안 되었으며 성의가 전혀 없다고 느껴졌다.

'선배의 마음이 변했나? 편지에, 아무런 감동이 없으니⋯ 미국, 오하이오 주, 신시내티!' 편지를 읽어 보면 과거의 그녀가 전혀 아닌듯 했다. 그에게는 세상 태어나 처음 가보는 미국이 마치 거대한 절벽처럼 느껴졌다.

50여 년의 단절된 시간의 흐름이었다. 과거가 현재보다 훨씬 긴 그러나 정체된 과거에서 미래를 생각해보니 겁이 났었다.

3.

공항 대기실로 나온 그는 그의 이름이 써진 피켓을 들고 서 있을 그녀, 75세의 한국인 노파를 두리번두리번 찾고 있었으나 그녀는 그 곳에 없는 듯했다. 한국 사람은 전혀 볼 수가 없었기에 더더욱 낮설었다.

공항 밖은 어느새 겨울 밤이 되어 캄캄하고 으스스 추웠다. 순간 공간과 시간의 단절에서 오는 공포가 엄습해 오기 시작했다. 혹시 그녀가 공항에 나오지 않았다면 어쩌나 하는 실망과 불안감이 있었다. 사람들이 다 빠져 나가 다소 한산한 공항 대합실에서 10분을 서서 더 기다렸으나 선배의 모습은 보이지 않으니 두렵고 불안했다.

'혹시 시간을 잘못 계산 했나? 미국과 한국의 시차를 혼돈했나?'

그는 가능한 선배가 잘 볼 수 있도록 서서 있었다.

"혹시 한국에서 온 손현철 씨인지요?"

순간 동서양의 피가 적당히 섞인 40대의 여성이 피켓을 들고 그에게로 가까이 오더니 영어로 물었다.

"그렇습니다. 댁은? 매기 휠손?"

"아뇨, 제니퍼 휠손 던발(Jennifer Folson Dunval)입니다. 매기의 딸이지요?"

"매기의 딸? 아, 반갑습니다."

정말 반가웠고 공포심이 없어졌다.

그는 또다시 두리번거렸다. 혹시라도 딸 곁에 매기 휠 손, 아니 이은영의 모습이 있을 듯해서였으나 볼 수 없었다.

"어머니는 다른 곳에서 기다리십니다."

딸은 그에게 말했다. 딸의 모습이 어렴풋이 그녀의 모습과 조금은 비슷하다고 느끼며 지니고 있는 두 장의 사진을 그의 기억에서 떠올렸다.

–눈송이처럼 활짝 핀, 아카시아꽃 나무숲속, 벤치에서 그녀와 찍은 애띤 고등학교 1학년의 모습이었다. 경연대회에서 실패한 후 기분이 상한 그의 얼굴은 마치 땡감을 먹고 찡그리는 듯했으나, 그녀의 얼굴은 청순하고 순박한 흰 아카시아꽃송이 같아 보였다.

그리고 또 다른 한 장의 사진은 3년 후 똑같은 장소에서 그녀와 같이 찍은 사진이었는데 너무나 대조적으로 웃고 있었다. 그가 Y 음대에 입학한 그날이었다. 가난하고 힘들었던 고등학교 3년, 그녀는 틈틈이 바이올린 렛슨으로 그를 지도해 준 결과, 그는 Y 음대에 일학년으로 입학했다.

"현철! 드디어 해 냈어. 우린 선 후배가 됐어! 그리고 너는 내 동생이여. 난, 누나고…"

그녀는 어느새 4학년 졸업반 선배로, 그들은 나란히 웃으면서 찍은 사진이었다. 그는 활짝 웃고 있었으며 그녀도 또한 즐거운 듯이 그의 어깨에 손을 얹고 마주 보고 있는 모습이었다. 그들 머리 위에서 아카시아 꽃잎이 눈송이처럼 떨어지고 있었다.

"누나, 나도 카네기 홀에 갈 수 있을까?"

"물론이지"

순간 그녀는 감격해 눈물을 흘리는 그를 포옹해 주었다.

"누나! 난 누나만을 사랑해! 누나만을…."

"그래, 나도 동생, 널 좋아해."

그리고 그녀는 「매기의 추억」을 바이올린 선율에 담아 하늘에 올려 보냈다. 그의 마음속에서 맑은 옹달샘 물이 거대한 바위 사이를 헤치며 졸졸 흐르고 있었다.

"자, 손 선생님, 이 차를 타십시오. 어머니가 있는 곳으로 가렵니다."

신시내티공항을 빠져 나온 승용차는 오하이오강 남쪽 켄터키 북단 끝자락을 벗어나 오하이오와 켄터키의 경계를 이어주는 '켄터키다리'를 지나기 시작했다.

"이 다리를 지나면 오하이오주 신시내티가 됩니다. 이 다리는 참으로 묘합니다. 다리 이름은 켄터키다리이고 강 이름은 오하이오강이랍니다. 두 개의 주(州)가 마주 대하고 있듯이 사람의 운명도 그렇답니다. '켄터키가 아니면 오하이오, 두 개 중 하나를 택해야 하니까요!' 아, 참! 곧 어머니를 뵙게 됩니다."

제니퍼는 조용히 말해주었다. 오하이오강 위에 걸린 켄터키다리를 지나다보니 마치 56년의 세월이 삽시간에 지나가는 듯했다.

-Y 음대학생이 된 그들은 누나 그리고 동생으로 자주 만났다. 다음 해 우수한 성적으로 졸업한 그녀가 시립교향악단 단원(Seoul City Symphony Orchestra)으로 뽑히면서 자주 볼 수가 없었다.

그녀는 선배요, 누나요, 작은 스승이었다. 그녀는 부유한 집 딸이요, 그는 가난한 집의 아들이었으니 그는 그녀 앞에서는 작고 순한 사슴에 불과했다.

3학년이 되면서 그는 군에 입대하게 됐다. 6개월 전에 파산한 아버지의 빚 때문에 음악 공부를 계속하기가 힘들었기 때문이었다.

"선배, 나, 군에 입대해."

"아니, 바이올린은 어떻게 하려고?"

"갔다 와서 다시 시작할게. 누나, 어디 가지 마소!"

"알았어. 현철, 네가 올 때까지 어디 안 간다. 시립교향악단에 있을 거야. 알았지?"

그에게 있어 그녀는 가까이할 수 없는 거인이었으나 그의 마음속에서는 망망대해에서 오로지 등댓불을 바라보듯 홀로 사모하고 있었다.

그게 마지막 인사였었다. 그녀의 나이 23세, 시립교향악단 단원이었다. 그리고 그의 나이 20세, 군대에 입대하였다. 그가 군에 간 이후 그들은 불행하게도 전혀 연락이 없었다.

2년 반- 월남참전, 맹호부대를 거쳐 제대 후 복학하니 그녀는 더 이상 한국에 없었다.

수소문 끝에 그녀의 친구와 연락이 되었다.

"아니, 너 몰랐어? 너 군대 가고 난 후 3개월, 은영은 미국에 갔어. 뉴욕으로… 그리고 우리도 도대체 소식을 몰라. 살았는지 죽었는지…. 워낙 경쟁심이 강해서, 성공 못하면 아예 죽어 버린다고 했으니까."

"뉴욕에?"

그는 풀이 죽어 물었다.

"아- 현철! 여기 미국에 가면서 네게 전달해달고 부탁한 편지가 있어. 자! 여기!"

누나 친구는 오래된 편지 한 통을 그에게 전해 주었다.

"현철! 나, 미국으로 유학 간다. 가서 성공해서 돌아올게. 못 만나고 가서 미안해. 다시 편지할게. 사랑해."

그녀의 친구가 그에게 넘겨준 쪽지에 쓰인 내용이었다.

'제대할 때까지 기다린다고 했었는데… '

그는 실망스러웠다. 그는 그가 사랑한 누나는 훌쩍 사라진 신기루라고 생각했다.

바보같이 유서 깊은 아카시아 나무 아래 벤치에 앉아 그는 울고 또 울면서 생각했다.

'나는 누나, 아니 그녀 앞에서는 아무것도 아닌 존재였어… 아무것도 아닌 존재….'

그 후 그녀로부터 편지를 받지 못했고 보내지도 못했다. 속수무책이었다.

'그럴 수가? 말도 안 돼.'

그리고 2년이 흘러 4학년이 되었다. 졸업이 얼마 남지 않은 어느 날, 주임교수가 그를 불렀다.

"아- 현철 군, 여기! 내가 깜빡했구먼. 자네가 군(軍)에 있는 동안, 이은영이 미국에 가면서 '현철 군'에게 전해 달라고 여기 오래된 바이올린을 선물로 놓고 갔었네. 그런데 그것을 내가 깜빡했었네. 정말 미안해! 늦게 전해 줘서. 근데, 두 사람은 어떤 사인가?"

'아뿔싸! 교수에게 바이올린을 맡겨 주고 갔다니, 그럼 나는 아무것도 아닌 존재가 아니었어! 큰 존재였어… 큰 존재. 분명 누나는 나를 좋아했어!'

뒤늦게 바이올린을 전해준 교수가 원망스러웠다. 2년 전에 알려 줬더라면 분명 그는 그녀를 따라 미국으로 갈 계획을 세웠을 것 같았다. 생각해 보면, 지난 세월, 그녀는 꺼졌다 켜졌다 하는 마음속의 등불이요 그는 파도에 휩쓸려 침몰하는 여객선이라고 생각했었다. 그는 그녀를 더 사모했으나 어쩔 수가 없었다. 그녀의 소식을 알 수도 없었고 묻고 싶지 않았다.

그녀는 어느 곳에서 잘 살고 있을 텐데, 괜히 찾아보다 문제가 생기는 것보다 조용히 있는 것이 더 사랑하는 길이라고 생각했기 때문이었다.

52년의 시간이라는 파장이 흐른 후였다.

4

신시내티 식물원을 끼고 자동차는 숲속 길로 들어가니 현대식으로 깨끗하게 지은 건물이 바라보였으며, 옛 유럽의 성처럼 우람하게 생긴 입구에 자동 철문이 활짝 열려 있었다.

"오하이오. 안식의 집(Ohio Haven House)"이라는 영어 간판 중, Haven이란 단어가 눈앞에서 혼란을 주었다.

'Haven(안식처)? 아님, Heaven(하늘)?'

순간 불길한 느낌이 들었다. 단층 중앙 건물 앞에 휠체어에 앉아 고개를 떨군 어느 동양 할머니의 모습과 그녀의 뒤에서 하늘색 유니폼을 입은 흑인 간호보조사가 우리를 향해 흔드는 손길이 멀리서 보였다. 날씨가 다소 쌀쌀한지 두꺼운 담요로 몸을 감고 있는 그 환자는 분명 그녀, 바이올린의 주인임에 틀림이 없어 보였다.

"어머니는 작년부터 건강이 좋지 않아 여기 양로원에서 요양 중입니다. 선생님이 오신다고 밖에서 기다리고 있답니다."

딸은 휠체어에 앉아 있는 환자를 가르키며 말했다.

"어디가 아프신가요?"

그는 눈을 크게 뜨고 물었다.

"가보시면 알겝니다."

대수롭지 않게 대답하는 것으로 보아 교통사고나 심장 수술을 받고 이곳에 잠시 머물고 있다고 그는 생각했다.

"손 선생님? 어머니를 만나기 전에 잠시 말씀드릴 게 있습니다."

"무슨?"

그는 아주 걱정스러운 눈초리로 되물었다.

"어머니는 28세 되던 해, 신시내티 심포니에서 협연을 한 이후 고정 멤버가 됐습니다. 5년 후 첼로를 하시는 아버지, 존 휠손(John

Folson)과 결혼해 저를 낳은 후, 잠시 심포니에서 휴직을 했답니다."

"심포니에서?"

그는 물었다.

"그렇습니다. 고향을 그리워하며 우울했지요. 어머니는 한국을 사랑하셨지요."

"한국을? 우울?"

"그런데, 어머니는 손 선생님과 같이 찍은 옛 사진을 몇 차례 제게 보여 주었답니다."

"사진이라면, 아카시아 나무 아래, 벤치에서 찍은 사진을 말하시나요?"

"그렇습니다. 아카시아 향기가 꽉 밴 그 사진들, 어머니는 자주 들여다보았지요. 그러고 보니, 이 선생님의 얼굴도 많이 달라졌군요. 사진에서는 아주 젊은 소년 그리고 대학생이었는데…"

"아, 저 그때 고등학생이었답니다."

그는 수줍은 웃음을 지었다.

"그리고, 어머니는「매기의 추억」을 아주 좋아했지요."

"「매기의 추억」을?"

"그렇습니다. 어머니는 특별히, 'When I first said I loved only you, Maggie, And you said you loved only me. (내가 매기, 처음 그대만을 사랑한다고 말했을 때 그대 또한 나만을 사랑한다고 말했죠.)'를 반복했죠. 그러고 보니, 어머니를 처음 사랑했다고 고백한 사람이 바로 손 선생님이셨군요?"

"아— 제니퍼… 어머니는?"

그는 더더욱 수줍어 말을 더듬었다.

"역시 그랬었군요. 첫사랑이라고 하더군요. 그러고 보니 어머니의 마음속엔 아직도 선생님과 아카시아꽃이 만개(滿開)해 있나 봅니다."

"첫사랑이었습니다. 제게는…."

그는 마침내 고백하고 말았다.

"몇 년 후, 어머니는 다시 심포니에 복직했으나 곧 사직하고 말았습니다. 그리고는 바이올린 활을 놓았답니다."

"우울증 때문에?"

"그런 셈이죠."

"그리고? 어찌 됐나요?"

그는 마치 어린애가 동화를 들으면서 재촉하는 듯했다.

"어머니는 사람을 기피했답니다. 2년 전, 어머니는 머리가 아프다고 하며 쓰러졌답니다. 수술을 받은 후 회복은 됐으나 거동이 불편해 잠시 여기 요양원에 계신답니다."

"어쩌나…."

그는 불길한 생각이 들었으나 스스로 자제하였다.

"보내드린 답장은 제가 어머니를 대신해서 보냈습니다. 양해 해 주세요."

"따님이?"

이제서야 무슨 일이 있었음을 짐작해 사정을 알 것 같았다.

"자. 가십시다."

따님은 나의 손을 잡았다.

우리는 차에서 내려 오하이오 안식처(Ohio Haven House)라고 선명하게 쓰여진 건물 입구로 걸어 들어갔다. 입구는 생각보다 넓었으며 몇몇 환자들은 휠체어에 앉혀져 건물 밖으로 나와 신선한 공기를 마시고 있었다.

"하이-수지!"

딸은 수지라는 흑인 간호보조사를 향해 큰 소리로 말했다. 수지는 휠체어 뒤에서 환자의 머풀러를 위로 올려주고 있었다.

"하이-제니! 어머니가 아까부터 기다리고 있어."

흑인, 수지는 작은 소리로 그간의 일을 딸에게 알려 주었다.

환자는 분명, 지난 50여 년, 그토록 보고 싶었으나 볼 수 없었던 바로, 그 '선배'였다. 그런데 휠체어에 앉아 멀거니 바라만 보고 있었다.

"선배! 나, 현철입니다."

그는 환자에게 가까이 가 큰 소리로 인사를 했다.

"… … … … … …"

선배는 눈을 올려 그를 바라보았으나 아는지 모르는지 말이 없었다. 현철은 와락 포옹하고 싶은 욕망을 자제하며 그녀를 바라보았다.

"맘, 맘! 여기 한국에서 오신 손현철 씨! 인사해요, 맘!"

딸은 큰 소리로 말했다.

"… … … … … …"

이번에도 말이 없이 쳐다보기만 했다.

"선배! 나요. 나 현철이!"

그는 더 큰 소리로 말했다. 혹시 귀가 어두워 못 듣는다고 생각했기 때문이었다. 큰 소리에 놀랐는지 그녀는 그를 올려다보았으나 역시 대답이 없었다.

"누나! 나-----현철이---현철!"

그는 그녀의 귀에 대고 아주 큰 소리로 말했다.

"누-구-시-죠?"

뜻밖의 대답이었다. 누구라니?

그는 그녀를 보면 와락 달려들어 포옹이라도 하려고 했는데 몰라보다니, 당황스러웠다.

"나요, 현철이. 후배, 후배입니다."

"누구? 누-구-시-죠?"

그녀는 지친 듯이 이번에는 고개를 떨구었다.

"이 선생님? 어머니는 작년부터 사람을 알아보지 못한답니다. 치매가. 치매가."

"치매? 치매라니… 누나가?"

그는 눈앞이 캄캄하며 따가워 짐을 느꼈다. 선배, 아니 이은영 씨를 만나려고 이렇게 태평양을 건너 달려왔는데, 몰라보다니. 갑자기 허탈해 주저앉고 싶었다. 순간 그의 손은 심한 스트레스로 인해 파킨손병이 악화됐는지 몹시 떨리고 있었다.

"맘(Mom)은, 가끔 사람을 알아보았는데. 오늘은 전혀 몰라보네요. 죄송합니다."

딸은 머리 숙여 사과했다.

그는 떨리는 손으로 그녀의 손을 꽉 잡았으나 힘이 없었다. 그리고 참지 못하고 그녀를 포옹하며 울기 시작했다. 슬퍼서가 아니라 불쌍해 보여서였다. 어두워져 날씨가 차가워지자 흑인, 수지는 휠체어를 밀면서 안으로 들어가자고 딸에게 말했다.

그는 힘없이 불편한 다리를 끌며 그녀의 뒤를 따랐다. 순간 지갑 속에 고이 간직한 사진과 차 안에 두고 온 바이올린이 생각났다.

"잠간! 제니퍼? 차 안에 둔 바이올린을 갖다 주시겠소?"

"알겠습니다."라고 말하면서 그녀는 차로 달려가 바이올린을 가지고 왔다.

"혹시? 이것이 어머니의 기억을 불러 오지 않을까 해서요…."

"기억을?"

딸은 의아한 듯이 되물었다.

그는 마침내 지갑에서 오래된 사진 한 장을 꺼내 그녀의 눈앞에 들이댔다.

-그가 고등학교 1학년, Y 음대 바이올린 경연대회에서 실패한 후, 아카시아 나무 아래 벤치에서 그녀와 같이 찍은 사진이었다. 그녀는 그 사진을 유심히 들여다보고 있었는데 눈동자가 조금 작아지는 듯했다.

그리고 잠시 후, 그는 대학 1학년 때 그녀와 나란히 마주 보며 웃고 있는 그 사진을 그녀의 코 끝에 보여줬다. 이번에는 그녀의 눈동자가 더 작아졌다.

'아- 제발, 선배의 머릿속에 숨어 있는 옛 기억이 되살아났으면…. 아- 신경세포가 다시 꿈틀 움직였으면 좋으련만…. 기억, 아니 추억이, 옛날의 그 추억이….'

그는 마음 속 깊이 기도를 드리고 있었다.

"맘? 누군지 알겠어? 누군지!"

딸은 큰 소리로 그녀의 기억을 재촉하고 있었다.

'제발, 제발, 긴 망각의 여로에서 잠시만이라도 제자리로 돌아와 줘요, 누나!'

그는 한 손을 뻗쳐 가지고 온 바이올린을 왼손에 잡아 그녀의 코 앞에 들어 보이면서 오른손으로 현을 튕겨 보았다.

"맘! 이게 뭐지? 바이올린? 바이올린?"

딸은 울먹이면서 어머니의 귀에 큰 소리를 쳤다.

"선배! 이은영 씨! 나, 누구요? 나?"

그는 그녀의 손을 꼭 잡으면서 물었다. 그의 눈에는 양파처럼 겹겹이 쌓였던 56년의 서롭고 외로웠던 기다림이 산산이 부서지고 있었다. 그러나 절망이었다. 그토록 기다리고 보고 싶었던 선배, 아니 이은영이 그를 전혀 몰라보다니…

"선배!" 그의 눈가장자리에는 아카시아 꽃술 같은 눈물이 흐르고 있었다.

그 순간-

그는 낡고 오랜된 그 바이올린을 턱밑에 대고 오른손에 활을 들고 선배의 얼굴을 뚫어지게 바라보며 강하고 약하게, 서서히 그리고 빠르게 그녀가 좋아 했던 「매기의 추억」을 연주하기 시작했다.

"내가 매기, 그대만을 사랑한다고 처음 말했을 때, 그대 또한 나만을 사랑하다고 말했죠….

When I first said I loved only you, Maggie and you said you loved only me."

그는 여러 차례 반복해서, 또 반복해서 연주했다. 주변 사람들은 갑작스레 들리는 아름다운 선율에 매료돼 모여들기 시작했다. 그녀는 눈을 감았다 떴다를 몇 차례 반복하더니 입술을 실룩거렸다.

-그녀는 56년 전, 아카시아 꽃잎이 눈처럼 날리는 Y 음대 뒤편에 있는 나무 벤치에 앉아 훌쩍이는 소년의 손을 꼭 잡고 있었다. 그리고 군에 입대한다고 하며 훌쩍이던 그 후배의 얼굴을 보는 듯했는데, 자세히 보니 그녀의 눈에 뵈는 그는, '신시내티 심포니 홀 무대에 우뚝 서서 바이올린 독주를 하는 거장(巨匠), 손현철의 모습, 그 얼굴'로 보였다. '현철이가 돌아왔다! 현철이가… '-

갑작스레, 그녀의 목구멍 너머 후두에서부터 크고 우렁찬 말소리가 터져 나왔다.
"현-철-, 나, 나도 보고 싶었어."
"선배, 나도"
그는 그녀를 힘껏 포옹했다. 그 순간-
그녀의 소우주(小宇宙) 속에서 길을 잃고 헤매던 그녀의 뇌신경 세포들은 마침내 그의 모습을 찾았는지 먼 공간 속에서 무한한 시간을 향해 여행을 시작하고 있었다.

'영원을 향한 시간의 여행… '

독자들에게 드리는 살아 있는 작가의 질문.

"독자 여러분! 친구란 무엇이라고 생각하십니까?"

"친구란 두 몸에 깃든 하나의 영혼"이라고 아리스토텔레스는 말했습니다.

인생 70을 넘어 80이 되었습니다. 세월은 흘러 죽마고우들도 하나 둘 세상을 떠났지만 친구에 대한 추억은 아련하게 남습니다. 고등학교 시절의 친구들은 각별합니다.

1960년 고등학교 1학년 시절부터의 친구 Y는 입이 무겁고 신실했습니다. 등록금을 마련하기 힘들어 대학을 중도에 휴학하고 군에 입대, 월남전에 참전했습니다. 만기제대하면서 미국에 유학으로 왔습니다. 그리고 50년의 긴 세월이 흘렀습니다.

70세 나이에 우리는 자동 은퇴를 하게 됐습니다. 그런데 친구 Y는 은퇴를 거부하고 오히려 50년 전으로 되돌아가 연세대학교 3학년 학생으로 복학하였습니다. 그리고 2년 반, 못다 한 공부를 성공적으로 마치고 졸업을 하였습니다. 그러나 그는 갖고 있던 기저질환으로 졸업 2년 후 세상을 떠났습니다.

세상을 떠나기 전, 그는 그가 손수 쓴 자서전을 나에게 주면서 "친구야! 나, 괜찮은 놈이지! 알아서 잘 보관하라."고 했습니다. 무려

760페이지, 깨알 같은 글자들로 된 그의 인생이 그 속에 고스란히 들어 있었습니다. 그리고 그 한편 구석에 나의 얘기도 보석처럼 숨어 있었기에 나는 과감히 끄집어내어 우리들의 우정을 자전적 소설, 잊혀진 명작으로 재창조해 세상 떠난 저자에게 선물로 보냅니다.

"친구야, 난 널 존경하고 사랑한다."

살아 있는 저자, 연규호 드림.

추가의 글:

  기러기 울어대는 하늘 구만리

  바람이 싸늘 불어 가을은 깊었네

  아-아 너도 가고 나도 가야지

  (친구. 정훈과 한영이가 필자에게 보내 준 노래)

  11/23 2023, Thanksgiving Day

공감하는공간 21
잊혀진 명작
ⓒ 연규호, 2024

지은이_ 연규호

발 행 인_ 이도훈
편 집 장_ 유수진
교　　정_ 김미애
펴 낸 곳_ 도서출판 도훈
초판발행_ 2024년 6월 7일

사무실_ 서울시 서초구 법원로3길 19, 2층 W109호
　　　　(서초동, 양지원빌딩)
전　화_ 02) 595-4621, 010-6722-4621
팩　스_ 0504-227-4621
이메일_ flyhun9@naver.com
홈페이지_ www.dohun.kr

ISBN_ 979-11-92346-77-9 03810
정가_ 15,000원